Daniel Juhr

Exile

Roman

Der Autor:

Daniel Juhr, geb. 1978, lebt als Autor, Texter und Verleger in Wipperfürth. Er hat nach zahlreichen Arbeiten als Journalist verschiedene Kurzgeschichten veröffentlicht. „Exit" ist sein erster Roman.

Impressum

Waldweg 34a
51688 Wipperfürth
www.juhrverlag.de

Lektorat: Volker Maria Neumann
Korrektorat: Christoph Nettersheim
Nutzung des original „Exit"-Logos mit freundlicher Genehmigung von Wolfgang Hilbrich
Coverreinzeichnung: Grazyna Witkowski
Reprosatz Neumann
www.reprosatz.de
Druck: Aalexx Buchproduktion GmbH, Großburgwedel

ISBN: 978-3-942625-06-7

die

farbe

ist

egal

hauptsache

schwarz

Für Sandra

Im Exit begann auch unsere Geschichte.
Danke für all die schönen Kapitel.
Und die vielen, die wir noch schreiben werden.

Prolog

Die letzten Klänge verschwinden, bis nichts mehr bleibt.

Er nimmt den Kopfhörer ab und schaut auf die rotbraunen Fliesen der Tanzfläche. Die Discokugel, eines dieser Glitzerdinger aus den Achtzigern, reflektiert tapfer das Licht der Scheinwerfer und dreht sich einsam um sich selbst.

Als der letzte Ton verstummt ist, schauen sie ihn an. Er zuckt mit den Schultern und betrachtet sie, einen nach dem anderen.

Einer schnippt seine Kippe weg.

Eine reibt sich die Augen.

Einer schaut sich versonnen um.

Einer wischt sich Schweiß vom Gesicht.

Eine schließt einfach die Augen.

Einer dreht sich um und geht.

Eine lächelt.

Das Ende: Er hat diesen Moment kommen sehen. Er wusste, dass es passieren würde. Doch jetzt, da es so weit ist, spürt er einen Schmerz, den er nicht erwartet hat.

Und wie er so in ihre Augen schaut, während mit einem hellen *Blink* die Lichter der alten Neonröhren angehen, glaubt er in ihnen denselben Schmerz zu erkennen.

Es ist die Stille.

Sie haben den Laden aufgemacht, am Anfang fast jeden Tag. Das Ding rockt, und Menschen kommen, tanzen, reden, bleiben, leben hier. Freundschaften werden im Suff geboren, Ehen brechen auseinander wie ein Schiffswrack, Verlorene trinken und bemitleiden einander. Es ist eine Welt unterhalb der Welt. Du kommst nach Hause. Du kennst jeden, und es ist egal, was du anhast, wie du drauf bist oder ob du morgen in den Knast musst. Was da draußen zählt, all das Verkehrte, das dich jeden Tag einholt, gibt es hier nicht. Alles ist echt. Der Rauch, der Schweiß, das Schütteln der Hände, die Umarmungen, die Gespräche. Das Klack-klack der beiden Kicker-Tische hinter dem Eingang. Das Ploppen der Flens-Flaschen. Das Quietschen der Federn in den durchgesessenen, alten Sofas, die immer besetzt sind. Mit Einsamen. Mit denen, die jemanden gefunden haben. Und denen, die gerade dabei sind, jemanden zu verlieren.

Es ist Zippl in seinem weißen T-Shirt, wenn er seine einzige Tanzpause der ganzen Nacht vor der silbernen Pinkelrinne auf dem Herren-Klo verbringt. Zippl, der immer da ist, der als Erster tanzt und als Letzter geht.

Es ist das Knacken der Boxen, von denen jede Woche mindestens eine den Geist aufgibt.

Es ist der Kaffee im Bistro, gleich links neben dem Eingang, der dich durch die ganze Nacht bringt.

Es ist Witolds schulterlange Matte, die er nicht aus Überzeugung trägt, sondern nur, weil er es einfach nicht zum Friseur schafft. Es ist die Ironie in seinem Blick, wenn er nachts um drei die letzten Tische selber abräumen muss, weil wieder mal einer der Flaschensammler nicht konnte.

Es ist das Kritzeln des Stiftes auf der Recyclingpapier-Songwunschliste, die auch garantiert gespielt wird. Und es sind die Songs. Es sind Vedder und Dickinson und Stapp und Etheridge und Morissette und Manson und Kiedis und Hetfield. Und all die anderen. Es ist der Gitarrenteppich, auf dem sie stehen, während sie dir einen Rock'n'Roll-Dolchstoß ins Herz jagen. Mitten rein. Du bist getroffen und willst, dass dieser Song, dieser Moment, diese eine Stelle nie endet. Jener Augenblick der Stille, ehe sie dir noch einmal den Refrain entgegenschleudern und du total ausflippst. Und vergisst, dass es hiernach überhaupt noch irgendetwas anderes gibt. Denn du willst nichts anderes.

Nur das hier.

Teil 1
Before night falls

Susann

Sie macht den Wagen aus und dreht Trent Reznor den Saft ab. Klappt den Spiegel runter, betrachtet sich darin. Sie sind wieder dunkler geworden, die Ringe. Die Wangen schmaler. Die Haut blasser. Die Jochbeinknochen auffälliger. Sie holt einen Kajalstift aus der kleinen, braunen Handtasche, die ihr Fred geschenkt hat, bevor es aus war, und verdunkelt ihre Lider. Sie verzichtet auf den Lippenstift.

Ihr Haar ist so, wie es sein soll, dunkelblond, glatt und lang. Ihr Haar, um das sie so große Angst hatte, hat alles mitgemacht.

Als sie vor dem Laden steht, ist es noch hell, Wolfgang muss schon drin sein, Witold sowieso, auch Vossis Wagen hat sie schon gesehen, wahrscheinlich schraubt der wieder an irgendwas rum. Sie schaut auf das weiß-schwarze Schild und lächelt. Vierzehn Jahre Exit. Immer eigentlich. Bis auf die letzten paar Monate, da war sie verhindert.

Und jetzt soll es das also gewesen sein.

Als sie eintritt, steht vorne niemand. Aber es riecht so wie immer: ein bisschen nach Rauch, der nie mehr aus den Wänden weichen wird, ein bisschen auch nach Putzmittel, ein bisschen nach Kaffee. Und es riecht alt. Das Ende steht vielerorts geschrieben. Am Putz, am Türgriff, an den alten Postern. Auf dem Tresen liegen wie vergessen ein paar Getränkechips, die mit dem Bild der Müngstener Brücke drauf. Sie dreht einen in der Hand und muss dabei lächeln. Zu Hause hat sie zwanzig von den Dingern. Sie legt ihn mit einem Klacken zurück.

„Hallo? Wer kommt denn da?", hört sie Ellis Stimme aus dem Bistro. Sie tritt ein. Elli und Steffi hocken am Tresen, sie quatschen, trinken Kaffee, rauchen, hören Nirvana und wissen nur, dass sie eine Zeitlang krank war. Sie springen auf, laufen auf Susann zu und fallen ihr um den Hals.

Als Elli von ihr ablässt, betrachtet Susann fasziniert ihren Arm. „Es ist schon wieder größer geworden, oder?"

„O ja. Und du willst gar nicht wissen, wo es überall lang führt."

„Doch, will ich."

„Steffi, du! Na klar. Dass du das gerne wüsstest, wundert mich überhaupt nicht." Steffi lächelt verstohlen, aber es ist Show, sie streicht mit ihren Händen über die Jeans, zieht auffällig lasziv an ihrer Zigarette, pustet den Rauch durch halb zerschundenes, blondes Haar, das viel zu viele versaute Färbeversuche mitmachen musste.

Es entsteht jene Stille, die immer entsteht, wenn man einander weniger zu sagen hat, als man glaubte. Elli betrachtet ihr Tattoo, dann schaut sie Susann in die Augen, die wie geheimnisvolle, große, dunkle Kugeln in einem viel zu kleinen Gesicht stecken.

Susann schaut sich um im Bistro. Das wäre auch was, hat sie schon oft gedacht, wenn sie, irgendwann morgens, noch einen Augenblick zusammensaßen und die Nacht gemeinsam Richtung Morgen schickten: so ein Bistro. So wie das hier, klein, aber nicht winzig, mit einer Couchecke, egal, wie alt und abgesessen, ein einfacher, klarer Ort, an dem es einfache, klare Menschen und Dinge gibt. Dein Bier, dein Kaffee, dein Snack, und wenn wir den nicht haben, dann bestell dir halt ne Pizza hierher. Sie wollte jeden Abend hier sein, viele Menschen um sich haben, ihre Geschichten hören und die vielleicht irgendwann mal aufschreiben.

„Susann?"

Sie schreckt auf wie aus einem Tagtraum.

„Alles klar bei dir?", fragt Steffi.

Sie sammelt sich, schaut die beiden an, lächelt: „Ja, es ist nur … ihr wisst schon."

Steffi und Elli tauschen einen Sekundenblick, Elli beendet den seltsamen Moment: „Super, dass du noch mal an Bord bist, ehrlich. Wie geht's dir? Warst ja jetzt echt 'n paar Monate weg, oder?"

„Ja. Ist wieder ganz okay", lügt sie. „Also, Mädels, wie machen wir's?"

„Die Susann: Kaum wieder da und schon voller Tatendrang. Sehr schön! Also: Steffi und ich gehen an die Große. Da kommen nachher noch zwei Aushilfen, dann sind wir zu viert, das muss langen."

„Dann geh ich also vorne an die Kleine. Wer kommt noch? Betty?"

„Betty, ja. Die muss gleich hier sein", antwortet Steffi und verdrückt sich hinter die Theke, um sich einen Tote-Aufweck-Kaffee zu machen. Susann schaut ihr nach, dann wirft sie einen Blick in die kleine Garderobe, eigentlich nicht mehr als ein Abstellraum mit einer Bügelstange dran, der ist um neun Uhr leer und um zwölf dann voll und um vier stehen sie dann davor, sind selber voll und haben keinen Plan, was davon eigentlich ihnen gehört, und sind deswegen auch schon im Winter bei minus dreizehn Grad im T-Shirt nach Hause gestiefelt.

Sie muss unwillkürlich lächeln.

Doch als sie einen Stich im Magen spürt, verzieht sich alles in ihrem Gesicht.

Elli schaut sie plötzlich besorgt an. „Schaffst du's auch wirklich, Susann? Der Laden wird heute platzen."

„Klar. Die eine Nacht, die mach ich auf einer Arschbacke." Die kleine Theke, gleich links neben dem Eingang: Wie viele Nächte hat sie hier gestanden? Wie viele Leute hat sie hier kommen und gehen sehen?

Sie spürt den nächsten Stich im Magen. Ignoriert ihn. Lenkt ab: „Was glaubt ihr, wer so alles kommt?"

„Na, was glaubst du denn? Alle natürlich! Alle werden kommen. Die, die immer da sind, sowieso, aber da werden auch einige auftauchen, die schon ewig nicht mehr hier waren und jetzt mit zur Beerdigung wollen. So wie man halt alle paar Jahre mal an Weihnachten in die Kirche geht. Wolfgang wird gar nicht wissen, wohin mit den Leuten, wart's ab."

„Wo ist der eigentlich?", fragt Susann.

„Drinnen bei Vossi, glaub ich. Kommt gleich. Ist schon alles so weit okay, Vossi hat die Boxen auch eigentlich schon gecheckt. Aber du kennst ihn ja: Besser noch mal alles prüfen."

Früher hatte Susann immer mal die Schreckensvision, wie eine der Boxen plötzlich einfach runterrauscht, mitten auf die Fläche, und drunter steht einer und der ist dann platt. Aber zum Glück sind die Dinger eben immer nur ausgefallen. Nicht runter. „Der kann schrauben, wie er will", ruft sie lachend, „da wird auch heute wieder eine ausfallen."

Steffi hebt ihre Tasse: „Natürlich, was denn sonst? Also: Auf den Abschied!"

Wolfgang und Vossi

„Na, läuft die Kiste?“

„Wenn ich Glück habe, ja.“

Vossi schiebt die Brille von seiner kahlen Stirn zurück auf die Nase und seufzt. Er steht also mal wieder auf der Leiter und fummelt an einer der Boxen rum. Wie fast jede Woche. Wie eigentlich immer. Wolfgang tritt neben ihn und schaut nach oben. „Das wird mir fehlen. Wie du da oben stehst und schraubst. Oder unten. Oder an der Anlage. Eigentlich schraubst du ja ständig. Wenn du nicht grade auflegst.“

„Wenn du Geizhals mal irgendwann zwischendurch ein paar Ocken hättest springen lassen, müsste ich hier gar nicht ständig rumschrauben.“

„Ich hol dir ein Bier.“

„Ja stimmt doch, oder nicht?“

„Stimmt nicht. Und ich hol dir jetzt ein Bier.“

Vossi zieht einen anderen Schraubenzieher aus der Tasche, den kleinen mit dem Schlitz, der ihm schon so manche Minischraube geöffnet hat, mit der ein Kabel fixiert werden musste, und er zieht noch einmal nach, sicher ist sicher. Er schaut zum DJ-Bereich rüber und denkt: Wie oft habe ich da eigentlich gestanden? Wie viele Leute sind die zwei Stufen zu mir hochgestiegen und haben den Block vollgekritzelt mit immer wieder den gleichen Songs? Über die Jahre wurden es mehr, zu den Klassikern kamen neue dazu, aber die alten blieben und er hat sie gespielt, ganz gleich, ob es nun seine Songs waren oder nicht. Er hat nie viel Theater gemacht, nie viel gesagt, er ist für die Musik da gewesen, nicht fürs Quatschen. Gleich wird er hier oben mit Uwe stehen, sie werden CDs durchkramen, ein paar von den Mädels werden sich dazustellen, ein bisschen reden, den Blick von oben auf die anderen genießen. Denn das ist es, hier oben stehen, einfach Musik machen und den Blick nach unten erleben. Er schluckt.

Als Wolfgang die Flasche aus dem Kühlschrank holt, hält er kurz inne. Ja, denkt er, wenn ich hätte. Aber hätte das mehr Leute gebracht? Wann ist der Augenblick gekommen, in der eine Zeit einfach vorbei ist? Ist es heute? War es schon vor ein paar Jahren? Oder ist es vielleicht doch noch gar nicht so weit? Es ist derselbe Moment, in dem Vossi gedankenverloren zum DJ-Bereich hinüberschaut, und er ahnt, dass auch Vossi gerade so einen Flash hat, der ihn in rasender Geschwindigkeit durch die Vergangenheit scheucht, mit vielen Fragen, aber wenigen Antworten.

Als er mit der Flensflasche zu Vossi zurückkehrt, fährt der erschrocken herum.

„Alles klar?", fragt Wolfgang und reicht ihm die Flasche.

Vossi prüft zum dritten Mal die Lichtanlage, weiß längst, dass alles im Lot ist, pustet durch. „Klappt auch."

„Ich weiß", entgegnet Wolfgang. „Du hast es jetzt dreimal geprüft. Also dann."

Vossi steigt ab, nimmt einen Schluck und lehnt sich an eine der schwarzen Säulen. Wolfgang stellt sich zu ihm, lässt zufrieden den Blick schweifen, streicht sich über den Mund, den alle paar Monate mal ein Schnurrbart bedeckt. Bis er dann wieder keinen Bock mehr drauf hat. Heute Nacht hat er auch keinen Bock drauf.

„Also, ist doch alles gut, wie immer."

„Ja, alles wie immer." Dann, nach einem Moment der Stille: „Jetzt müssen nur noch die Kack-Rohre halten."

Wolfgang lacht dreckig auf. Die Nummer mit Alfred. Wieder mal. Ein Vossi-Klassiker, auf ewig in den Annalen festgeschrieben. Heute werden noch ein paar Klassiker dazukommen.

„Mann, Vossi, so eine Schweinerei hatten wir bis dahin echt nicht gehabt. Und danach auch nicht mehr. Wer kam eigentlich auf die beknackte Idee, diese blöde Schleuse zu öffnen?"

„Na, der Alfred selber natürlich. Kommt der mitten in der Nacht zu mir und meint: Du, Vossi, das Rohr ist verstopft. Das hängt schon durch. Und ich sag noch: Schön, sammel du mal weiter Flaschen ein, ich hol den Witold. Aber nein, er will ja selber ran an den Revisionsschacht. Steht der davor und meint: So, dann dreh ich das Ding jetzt mal auf. Und ich noch so: Alfred, ich würde das nicht machen. Und er: Wieso? Macht der Witold doch auch. Und ich: Nee, der Witold würde 'nen Klempner holen und fertig. Und er: 'Nen Klempner? Brauch ich nicht. Nee, lass ma, ich mach das schon. Und dann dreht der das Ding mit seinen fetten, gelben Raucherfingern auf und kriegt das ganze Zeug ins Gesicht."

„Und du hast danebengestanden. Mann, ich hab echt Schwein gehabt, dass ich mir das nicht geben musste."

„Hunderter Strahl, volles Rohr. Ohne Witz: An Alfreds rechtem Ohr hing ne Binde, links ein Tampon. Den haben wir dann erst mal mit 'nem Schlauch abgespritzt. Und danach bin ich kotzen gegangen."

„Der war danach auch nicht mehr da, oder?“

„Machst du Witze? Den hab ich gleich danach in die Wüste geschickt. Und Uwe macht mich danach noch an, warum ich so nach Kotze stinke. Da hab ich nur gesagt: Uwe, das möchtest du nicht wissen.“

Sie lachen beide in die Leere des Ladens hinein.

Vossi hat sich vorgenommen, nichts zu sagen. Aber er muss: „Was, wenn wir doch mehr Werbung gemacht hätten? Oder zusammengeschmissen hätten? Irgendwelche Events. Oder wenn wir …“

„Komm, hör auf, Vossi. Das Thema hatten wir schon. Das Ding ist durch. Die wollen ihren Rentnerpark, die kriegen ihn und gut. War doch auch kein Mensch mehr da in der letzten Zeit. Wir wussten, dass es so kommt. Du, ich, Witold, Uwe, alle. Seit die damit angefangen haben, hier unter der Brücke diesen Park hinzupflanzen. Lass einfach gut sein.“

„Wie geht's denn dem Witold eigentlich?“

„Du kennst ihn doch.“

„Na, immerhin wohnt der hier.“

„Wohnt? Der lebt hier. Kann er doch auch morgen noch und nächste Woche, die Bude selber bleibt ja erst mal stehen. Nur weil hier unten nicht mehr gefeiert wird, lässt es sich doch oben noch hervorragend wohnen.“

„Du wartest also noch ein bisschen ab.“

Wolfgang schüttelt seufzend den Kopf. „Ach, sollen die hier mal ruhig ihre Auen hinsetzen und mir den halben Parkplatz zuklatschen. Ein Teil davon gehört mir, das wissen die, glaub ich, gar nicht. Den können sie dann gleich wieder zurückbauen. Nee, erst mal sollen die Ömchen hier schön an unserem Laden vorbeimarschieren und sich drüber aufregen, wie hässlich der doch ist: Mitten in unserem schönen Park so eine verkommene Hütte, also wirklich!"

Vossi schaut sich mit ernstem Blick um.

„Wir begraben unsere Jugend."

„Du deine vielleicht. Ich bin doch längst 'n alter Sack."

„Und? Was machen wir morgen?"

Doch Wolfgang lächelt nur, wie man es halt so macht, wenn einem keine Antwort mehr einfällt.

Witold

Der Dicke spielt wieder. Er hockt in seiner Bude, hämmert auf seine Orgel ein, die ihm Witold am liebsten aus der Wohnung holen würde. Früher kam der Dicke auch mal runter, in den Laden, haute sich eine Pizza rein, als es die hier noch gab, die gute vom Italiener, die machte ihn noch dicker, und er stampfte wieder nach oben in seine Bude, die mit dem Fenster zur Straße raus.

Witold schließt seine Wohnungstür ab, da fängt der Dicke auch noch an zu singen, es ist irgendwas von den Flippers, nur, dass die so halbwegs die Töne treffen. Der Dicke übt, denn morgen Nachmittag, wenn hier unten schon Feierabend sein wird, macht er munter weiter und spielt in irgendeinem Altenheim ein paar Omis einen vor.

Unten trifft er Wolfgang und Vossi.

„Wisst ihr, was ich so richtig schlimm finde?"

„Die Flippers?", grinst Wolfgang.

„Ach, da bin ich ja fast schon dran gewöhnt. Nee, was ich

viel schlimmer finde, ist, dass der die auch morgen noch spielt und übermorgen und nächste Woche auch noch. Wenn hier unten schon Sense ist, macht der da oben einfach weiter mit seinem Schlagermüll."

„Aber passt doch", überlegt Vossi, „Schlager, grüne Auen und Kaffeeklatsch. Wart mal ab, der Typ wird noch zum Star hier unten. Und Schlager machen wir doch auch manchmal."

„Ja, aber das willst du ja jetzt nicht vergleichen, oder?"

Vossi schweigt grinsend.

„Vielleicht schafft er es ja mit seinen Auftritten wenigstens bald mal, die Miete zu bezahlen."

„Keine Sorge, Wolfgang, wenn nicht, gehen wir morgen zu ihm rein und klauen ihm die Orgel. Und dann ist Ruhe."

Als wäre es heimlich von der Decke gepurzelt, ist plötzlich wieder so ein Schweigen da. Nur der Dicke oben, der schweigt nicht.

Susann

Eben noch den Kaffee zum Wachbleiben, jetzt ein Flens: Sie machen es wie früher, ein Flens vorab, danach nur noch Cola und Wasser. Ab halb vier vielleicht mal einen Kurzen. Oder zwei. Oder drei. Ihre Flaschen klacken aneinander, sie schweigen für einen Augenblick, hängen ihren Gedanken nach. Susann blickt aus den Fenstern nach draußen, Steffi lässt den Blick über die alten Bilder an den Wänden gleiten, Elli dreht lächelnd ihre Flasche in der Hand. Aus den Boxen dröhnt *Spacelord* von Monster Magnet.

Es ist Steffi, die beginnt. „Wisst ihr noch, der Typ, den der Dirk mal hier angeschleppt hat, als ich noch gar nicht bedient habe? Dieser Schweizer?"

„Was war denn mit dem noch mal? War der nicht nur zu Besuch oder so?"

„Dachte ich auch", antwortet Steffi und wippt wie immer automatisch im Takt mit. „Da sacht der Dirk: Guck mal, das ist der Schweizer. Der Typ stellt sich neben mich, kaum größer als ich, so die Kategorie Danny De Vito. Und ich, höflich wie immer …"

„Höflich? Du?" Susann und Elli funkeln sich spöttisch grinsend an.

„Ruhe …"

„*Mother-Mother!*", rufen die beiden plötzlich wie aus einem Mund, und Steffi wird langsam ungeduldig.

„Also: Wollt ihr das jetzt hören oder lieber singen? Und außerdem heißt es *Fucker*."

„Quatsch, *Fucker* kommt erst am Ende. Zuerst heißt es *Mother*", protestiert Elli und klopft im Takt des Songs auf ihrer schwarzen Lederhose herum. „Nee nee", sagt sie dann übertrieben großzügig, „fahr mal schön fort."

„Ja, danke", beginnt Steffi. „Ja, ich dreh mich also zu dem um und frag ihn: Heißt du denn jetzt mit Nachnamen so oder kommst du nur aus der Schweiz? Der hört erst mal gar nicht zu, sondern starrt plötzlich wie besessen auf mein Bauchnabelpiercing, so als hätte der so was noch nie gesehen und wolle er das gleich rausziehen oder so. Ist mir ja direkt mal total suspekt. Er fragt also Häh?, ist ja auch laut im Laden, wie immer. Und ich frag ihn wieder, ob er denn aus der Schweiz komme. Da wird er ganz blass und ganz klein und meint nur: Nee, die nennen mich nur alle so, weil ich immer ein bisschen rieche wie ein Schweizer Käse."

Elli prustet das halbe Bier über den Tresen, Susann grölt so laut los, dass es sie wieder in den Magen sticht, aber sie lacht es einfach weg. Und macht gleich weiter. „Ich hatte mal einen, der war auch immer da, Michael oder so. Oder Martin? Der war jedenfalls ganz früher auch immer da, dann mal weniger, aber egal. Der kommt irgendwann an 'nem Donnerstag um halb drei an die Bar, als schon kaum einer mehr im Laden ist, und meint nur: Du, ich muss jetzt leider gehen, aber ich wollte dich fragen, ob ich dich nächsten Donnerstag vielleicht mal kennen lernen darf?"

Elli prustet wieder los. „Susann, hör auf! Jetzt läuft mir die Suppe schon durch die Nase!"

„Was trinkst du auch, wenn ich zur Pointe komme?"

„Ist er wenigstens wiedergekommen?"

„Ja, aber sonst ist dann keiner mehr gekommen von uns, falls du das meinst."

Sie hat ihn sogar noch vor Augen, wie er damals vor ihr stand, dieser Michael oder Martin, es standen danach noch so viele vor ihr. Mit manchen ging sie mit, krallte sich die kleinen Abenteuer, wenn ihr danach war. Wenn die Lampen angingen und die Relikte einer Rocknacht in alle Ecken des Exit gekrochen waren. Wenn sich Kippen in den Aschenbechern stapelten, bis sie über den Rand fielen, wenn Vergessene im Halbkoma mit vereinten Kräften von der Couch gehievt werden mussten, wenn das Schwarz der Wände nicht mehr schwarz, sondern seltsam dunkelgrau schimmerte im grellen Neonröhrenlicht. Sie liebte diese Zeit nach der Zeit, wenn alles egal war, wenn Ebenen verschwammen und sie absolut keine Ahnung hatte, wie der nächste Tag aussehen würde. Auch mit Fred hatte sie später viele solcher Nächte verbracht. Sie hatten sich in diese Nächte hineingestürzt, wie in einen tiefen dunklen Ozean, aus dem sie nie wieder auftauchen wollten. Schwerelos. Vielleicht war es die schönste Zeit überhaupt gewesen, das mit ihm. Es war ein 13. Juli, an dem sie plötzlich auftauchen musste. Um unterzugehen.

„Susann? Alles klar? Hallo!"

Sie zuckt zusammen, schüttelt sich kurz, schaut die beiden an. „Ich ... ja ... ich war nur gerade irgendwie ..."

„Mal wieder ein bisschen weg, was? Vielleicht bei dem Typen, mit dem dann so gar nichts lief, oder wie?", grinst Steffi, „also so ganz unwichtig scheint der ja dann wohl doch nicht gewesen zu sein, oder?"

Sie erwidert Steffis Grinsen mit Mühe, schüttelt auf eine Weise den Kopf, wie man es immer macht, wenn man einen unbequemen Moment zu überspielen versucht, und sagt plötzlich, mit klarer, fester Stimme: „Nein, Steffi. Es ging um jemand ganz anderen."

Sie zieht damit eine Schneise des Schweigens, in dieser Sekunde macht der Lautsprecher dasselbe, spuckt dann die ersten Töne von L´Ame Immortelles *Bitterkeit* aus, und jetzt überlegt Susann, ob das vielleicht der Moment für sie ist zu gehen. Elli und Steffi tauschen hilflose Blicke, doch dann greift Elli sich ihr Flens, leert es in einem Zug, knallt es auf den Tresen und fragt: „Sagt mal, kennt ihr eigentlich noch den Foxy?"

Steffi nimmt es dankbar auf. „War doch dein Terrier, oder? Kreativer Name übrigens: Foxy für 'n Fox-Terrier."

„Wart’s ab. Jedenfalls, mit dem hat mich mal einer beim Gassigehen gesehen. So ’n großer Schmaler, der war auch oft freitags mal da. Schaut mich an, von wegen, die kenn ich doch und so, ich also zurückgeschaut, genickt, er dann weiter.“

„Und?“

Und? Das fragt sich auch Susann, die den Versuch der beiden, das hier irgendwie am Laufen zu halten, so liebenswert findet, dass sie ihnen um den Hals fallen möchte. Und sie beschließt, dass sie bleibt, dass sie hierher gehört, zu diesen beiden und zu denen, die da drin jetzt noch schrauben oder aufräumen oder Musik sortieren oder was auch immer sie noch machen müssen, um diese Nummer hier heute Nacht durchzuziehen.

„Ihr seid echt so geil“, ruft sie plötzlich. Steffi antwortet sofort mit einem Lächeln und nimmt Susanns Hand in ihre, und Susann begreift, dass diese Hand jetzt das Beste ist, was ihr passieren konnte. Steffi dreht sich wieder zu Elli: „So, jetzt also: du und der Terrier.“

„Ja, sag ich doch, aber vor lauter Händchenhalten kommt ja hier keiner mehr auf den Punkt.“

„Jetzt erzähl.“

„Also“, fährt Elli fort, „der Typ trifft mich also beim Gassigehen.“

„Da warst du schon“, erinnert sie Steffi.

„Ja ja, jedenfalls, dann also derselbe Abend, ja? Merken: derselbe Abend. Und ich mach gerade Thekenpause. Und Vossi spielt irgendwas richtig Geiles, ich glaub, es war *Toxity* von System of a Down.“

„Sehr geil.“

„Und ich also auf die Fläche, da hatte ich grade das Riesen-Armtattoo ganz neu."

„Das Ding, das jetzt überall ist", hakt Susann noch kurz ein.

„Du sagst es. Ich gehe also richtig ab, und wer steht da plötzlich vor mir? Der Typ vom Gassigehen."

„Und? Was macht der?"

„Was der macht? Der drückt mir 'ne Packung Frolic in die Hand. Mitten auf der Tanzfläche."

„Hat der nicht gemacht."

„Hat der gemacht!"

Wieder bricht das Lachen aus ihnen heraus, bei Susann sticht es zugleich in ihren Magen, sie schiebt den Schmerz wieder weg. Aber nicht weit genug.

Steffi schaut gedankenverloren an die Decke, mit einem ungeduldigen Geschichten-Sucher-Blick, und sie wird fündig: „Also, ich weiß noch, mich hat mal einer unter die Müngstener Brücke zum Kiffen eingeladen, in einer Vollmondnacht. Das fand ich echt romantisch."

„Ach, Steffi …"

„Echt. Und ich bin mitgegangen. Natürlich nicht nur zum Kiffen."

„Nee, natürlich nicht … Susann, alles klar bei dir? Susann? Susann!"

Aber bei Susann ist gar nichts klar. Sie entreißt Steffi ihre Hand, ganz unbewusst, presst sie gegen ihren Bauch, sie krümmt sich vor Schmerzen, denn die haben gerade wieder einfach so zugestochen, aber diesmal mit einem Riesenstachel, der durch ihr Innerstes durchgeht, und sie spürt, wie ihr alles hochkommt, sie versucht zu rennen, aber sie schafft nur drei Schritte und übergibt sich mitten ins Bistro, als Wolfgang durch die Türe kommt.

Sam und Klaus

Klaus steht irgendwo in Wuppertal-Vohwinkel am Ufer der Wupper, zieht sein Stirntuch nach und schiebt die abgewetzte schwarze Lederjacke mit den langen Fransen zurecht, die er sich mal irgendwann in Amiland besorgt hat. Das Ding ist älter als das Exit, und es hat auch mal deutlich besser gepasst. Er zieht sie vorne zusammen, zwingt einen Knopf ins Knopfloch, spannt den Bauch, der Knopf bricht aus. Eine Katastrophe.

„Verdammt, ich werde alt."

„Du bist alt, Klaus. Was ist, passt die Jacke nicht mehr?"

„Sei ruhig und pump."

„Musst mehr Bierchen trinken."

„Du sollst pumpen!"

„Mach ich. Aber nicht mehr lange."

Ein paar Meter weiter hat Sam aus einem überdimensionalen Gummilappen mit viel fester Treterei ein putziges, orangefarbenes Schlauchboot gemacht. Er tritt die Pumpe noch ein paar Mal kräftig durch, aus seinen grauen Schläfen rinnt der Schweiß bis zum Kinn, dort verfangen sich die Tropfen in einem langen, grauen Bart, der ihm bis auf die Brust reicht und immer länger wird, je mehr sich sein Chef darüber aufregt. Er prüft den Luftdruck, schließt das Ventil, pustet tief durch, streicht seine Mähne nach hinten, bindet einen neuen Zopf, zündet sich eine Kippe an, röchelt nach ein paar Zügen wie ein sterbender Büffel und ist nicht zufrieden. Skeptisch betrachtet er das Boot. „Also ich weiß nicht, Klaus. Das sieht so klein aus, das Teil."

Klaus stutzt. „Stimmt. Was steht denn drauf, wie viele Leute da reinpassen?", fragt er.

„Die Anleitung liegt bei deinen Sachen." Seine Sachen, dazu gehören auch eine Kiste Bier, sein alter Ghettoblaster und Schwimmwesten. Sie haben die Wagen oben an der Straße geparkt, alles den Hang runtergeschleppt, sie sind vorbereitet. Eigentlich. Klaus findet die Anleitung unter dem Bierkasten. „Hab sie", ruft er, „hier steht: für vier Leute."

Sam tritt neben ihn. „Zeig mal her … och, nee, oder? Nee …"

„Was denn? Sind doch vier Striche drauf."

„Ja, du Idiot. Zwei große und zwei kleine. Das is 'n Familienboot. Mama, Papa und zwei Kinder. Schön mit Schwimmflügeln. Und da sollen jetzt wir beide rein, dazu deine Wampe, und Guido und Silke. Geil, Klaus, echt. Vielleicht setzt du beim nächsten Mal einfach deine Brille auf, wenn du so ein Ding kaufst."

„Ich kauf garantiert nie wieder so ein Ding. Außerdem bist du doch da in dem Schwimmverein."

„DLRG."

„Ist auch egal. Wann kommen die denn eigentlich?"

„Müssten gleich da sein."

„Und die wissen von gar nix?"

„Nee, die wissen nur, dass sie um acht hier sein sollen", antwortet Sam, „mach doch schon mal ein bisschen Mucke an."

Klaus schaut sich um und grinst. Sie werden also über die Wupper schippern. Zu viert in einem kleinen Bötchen.

„Auf so was kannst auch nur du kommen, Sam. Ist die wenigstens nett?“

„Das wird super, glaub ma. Und Silke wird dir gefallen, die ist absolute Klasse. Ehrlich, wenn zwei zusammenpassen, dann die und Guido.“

„Und heute sind das zwanzig Jahre?“

„Auf den Tag genau. Was suchst du denn jetzt wieder?“

Klaus hat sich hingekniet und nimmt die Schwimmwesten hoch. Schaut auf dem Boden herum, sucht, findet nichts. „Sam, wir haben nur drei Westen.“

„Was? Das ist nicht dein Ernst, oder?“

„Doch, hier. Oder siehst du noch eine? Also, ich nicht.“

„Scheiße.“

„Ja, Scheiße, Sam. Vielleicht setzt du beim nächsten Mal einfach deine Brille auf, wenn du wieder dein DLRG-Häuschen leerräumst.“

„Ja, ist gut, Klaus, ja? Ist gut. Unentschieden. Dann dürfen halt maximal drei von Bord gehen. Der Vierte säuft dann eben ab.“

„Solange du es bist und nicht Guido und seine Silke, ist es ja gut. Und ich schwimm ja eh oben. Mit meiner Wampe …“

„Weißt du was, Klaus? Vergiss die Westen. Lass die liegen, die braucht keine Sau. Ich setz mich doch nicht wie so ’ne Leuchtboje da rein.“

Susann

Es dauert eine halbe Stunde, bis sie sich wieder gesammelt hat und die Schmerzattacke weg ist. Sie haben sie im Bistro auf die Couch gesetzt. Wolfgang kniet vor ihr, Steffi und Elli sitzen neben ihr auf den Lehnen, halten ihre Hände, streicheln sie, sind einfach da und irgendwie doch ziemlich weit weg.

„So kann ich dich nicht arbeiten lassen. Das geht nicht. Letzte Nacht hin oder her."

„Wolfgang, bitte. Ich hab mein Zeug dabei, ich nehme gleich zwei Tabletten, das sind echte Killer, aber die bringen mich schon durch. Es ist die letzte Nacht, und das ist meine Bar da vorne."

„Ich kann das nicht verantworten."

Sie schaut sie alle nacheinander an, sieht die Sorge in ihren Gesichtern. Wolfgang zieht die Stirn in tiefe Falten, Elli streichelt sanft ihre Hand, Steffi zieht nervös an einer Kippe und weiß nicht, wohin mit sich. Sie wissen, dass sie krank ist, aber nicht, wie krank sie ist. Sie haben keine Ahnung von dem, was die Ärzte ihr schon vor Monaten gesagt haben und auf welche Weise. Sie haben nicht da gesessen, allein, in irgendeinem Behandlungszimmer vor irgendeinem Typ, kaum älter als sie selbst, irgendwie Anfang dreißig. Sie waren nicht dabei, als er den Satz sagte, der sogleich etwas in ihr abtötete, jenen Satz, der mit „Tja, Frau Wilhelmi …" begann, und als er diesen Satz, diesen endlosen Satz, schließlich mit irgendwas beendete, das so klang wie „… aber es gibt Möglichkeiten, zumindest die Schmerzen einigermaßen im Rahmen zu halten", da hörte sie schon gar nicht mehr zu. Da liefen ihr längst die Tränen runter, aber die interessierten den Doktor nicht die Bohne, der sah jeden Tag Tränen, und je mehr er davon sah, desto mehr trocknete er selber aus.

Sie sitzen da, Wolfgang und Steffi und Elli, und sie haben keinen Plan, warum sie wirklich Schluss gemacht hat mit Fred, der sie aufrichtig liebte, aber sie wollte ihm das nicht zumuten, sie wollte ihm das ersparen, was mit ihr geschehen würde. Geschehen ist. Die Schmerzen, die Schwäche und das Kotzen. Vor allem das Kotzen.

Sie zog wieder zu ihrer Mutter, die alles aufgab für ihr einziges Kind. Ihre Mutter, diese wunderbare, starke Frau, die als Einzige Bescheid weiß. Über alles.

„Wolfgang, lass sie es versuchen." Es ist Vossis ruhige Stimme, als er plötzlich in der Tür steht. Susann springt auf, geht auf ihn zu, sie umarmen sich. Er lässt von ihr ab und schaut ihr in die Augen: „Du siehst jetzt nicht so superfit aus, aber du machst das schon."

„Hab dich auch lieb, danke."

Wolfgang wirft ihm einen ernsten Blick zu, Vossi nickt nur leicht zurück. „Also schön. Aber ich übernehme …"

Doch sie lässt ihn nicht weiter: „Alles gut, Wolfgang. Ich schaff das, fertig aus, ja?"

Sam und Klaus

Sam öffnet zwei Flaschen. Sie stoßen an, setzen sich auf die Kieselsteine und schauen der Wupper nach. Im Refrain von *Paranoid* springt Sam auf. „Ich geh mal in 'n Busch."

„Verbrenn dir nicht den Sack. Da sind Brennnesseln."

Während Sam verschwindet, nimmt Klaus einen tiefen Schluck und schaut der Wupper beim Fließen zu.

„Eigentlich war Riverside ja auch ein guter Name für den Laden, oder?", sinniert Klaus vor sich hin.

„Wenn nicht sogar der bessere!", ruft Sam aus dem Gebüsch.

„Warst du eigentlich auch mal in dem Puff oben drüber? Als es den noch gab?"

„Klar, du nicht?"

„Was? Du warst da drin? Im Ernst?

„Ja. Klar. Du also nicht?"

„Doch, doch", murmelt Klaus.

„Bitte?"

„Doch, do-hoch!"

„Ach so. Und mir traust du's nicht zu, oder was? Der Sam, der macht so was nicht, oder wie?"

„Nee, so ja auch nicht. Also, mein Gott …"

„Der Typ, dem der Laden gehörte, also der Puff, der wohnt immer noch oben drüber, wusstest du das? Hat mir Wolfgang mal erzählt. Überleg mal: Der Typ, also der Mieter, der hat da unten anschaffen lassen und damit Kohle gemacht und die überweist er jetzt als Miete an Wolfgang. Hammer, oder?"

„Wie oft warst 'n du damals da, Sam? Im Puff, mein ich."

„Einmal und nie wieder, was sonst. Gibt so Sachen, die macht man einmal und nie wieder. Heiraten zum Beispiel. Mach ich auch nie wieder. Nee, im Ernst: Ich hab das einmal gemacht und bin danach lieber nur unten geblieben. Und du?"

Klaus zögert.

„Klaus?"

Keine Antwort.

„Wie jetzt? Etwa öfter?"

„Och so … ein, zwei Mal öfter vielleicht als du. Da kannten wir uns aber noch nicht, glaub ich."

„Echt? Mehrmals? Sieh mal an … aua!"

„Aha, jetzt ist es passiert, oder? Hab dir doch gesagt, da sind Brennnesseln drin! Und, zieht ordentlich, was?"

Ozzy Osbourne gröhlt ein *People say I´m insane* in die Nacht, aber in der nächsten Sekunde streikt der Blaster und spuckt nur noch ein zackiges Gn-gn-gn aus.

„Sag mal, Sam, wie lange pinkelst du eigentlich? Das Teil hier springt schon wieder! Wie letztens beim Grillen an der Bever. Also, wenn wir das Ding schon ständig mitnehmen, dann will ich auch was Richtiges und nicht jedes Mal so ein blödes Gn-gn-gn. Und grad läuft *Paranoid*!"

„Wieso? Ozzy und Gn-gn-gn, das passt doch!"

Sam ist aus dem Busch herausgekrochen und setzt sich wieder ans Ufer. Die Puffabenteuer von Klaus findet er jetzt spannend.

„Also, Klaus, dann pack doch mal aus: Du warst also öfter mal da oben einen wegstecken, ja?"

„Ist gut jetzt."

„Nee, ist doch gar nicht schlimm, wir haben alle so unsere Macken. Wie alt warst 'n du da? Mitte zwanzig? Kommt hin, oder, wenn du nächsten Monat fünfzig wirst."

„Ich werde niemals fünfzig." Doch, denkt er im selben Moment, das werde ich, und ich weiß wirklich noch nicht, wie ich das aushalten soll.

„Und, immer bei derselben oder Bäumchen, wechsel dich?“, beginnt Sam wieder.

Klaus verzieht das Gesicht. „Geht dich zwar gar nix an, aber: immer bei derselben. Können wir jetzt über was anderes reden?“

„Du hast damit angefangen.“

„Ja, und jetzt beende ich es.“

Klaus schaut mit ernstem Blick aufs Wasser. Sam betrachtet seinen Freund und spürt, dass er da gerade etwas entdeckt hat, was wohl eigentlich verborgen bleiben sollte. Eine lapidare Laberei hat plötzlich etwas zu Tage gefördert. Da war was zwischen ihm und einer Nutte im Riverside. Und es scheint wohl was bedeutet zu haben.

„Wie hieß sie denn?“

„Noch ein Wort und du kannst alleine Bötchen fahren.“

In diesem Augenblick durchschneiden Scheinwerfer das kleine Waldstück über ihnen, ein Hupen ertönt.

„Na endlich“, murrt Klaus, froh, erst mal aus der Nummer raus zu sein.

Sam steht lachend auf. „Dann kann die Party ja beginnen.“ Dann, grinsend an Klaus gewandt: „Aber ich komm garantiert später noch mal drauf zurück!“

Becky

Es klappt wieder nicht. Verdammt. Sie reißt sich zusammen: Ganz ruhig, du kannst das. Also: Schön den rechten Fuß hochziehen und aufstampfen.

Stampf.

Nein, doch nicht so! Gleichzeitig! Ferse und Vorderfuß im selben Augenblick, nicht nacheinander. Zugegeben: Das geht in Pantoffeln ganz gut, aber nicht in kniehohen, schwarzen Lackstiefeln. Sie atmet tief durch. Der siebzehnte Versuch ist das jetzt gewesen. Fuß hoch und …

Blödsinn. Blödsinn! Das kann ja gar nicht gehen. Der siebzehnte Versuch, wie lächerlich. Bei so einer krummen Scheißzahl geht das schon mal überhaupt gar nicht.

Stampf.

Stampf.

Stampf.

So, jetzt ist sie bei zwanzig. Das klingt schon besser. Zwanzig: prima Zahl. Durch vier teilbar, eine Null hinten, ja, das mag gehen. Aber wenn es jetzt nicht klappt, was dann?

Vierundzwanzig? Vierundzwanzig, das ist gut, fast besser als zwanzig sogar, aber erst mal schauen, ob es nicht jetzt schon funktioniert.

Sie schließt die Augen und konzentriert sich. Fuß hoch. Sie hält inne. Und runter:

Ja! Ja! Ja? Wirklich?

Verdammt: Ja! Jetzt red mir nix anderes ein!

Sie atmet tief aus. Endlich. Ein kleines Lächeln aus Erleichterung huscht ihr über die Wangen. Eigentlich eine echt gute Zahl, diese Zwanzig, findet sie. Von ihrem Sechsundneunzig-Rekord ist sie da noch ganz weit entfernt.

Der Sechsundneunzig-Rekord, aufgestellt am 27. Februar 1997 um 2:27 Uhr in der Früh, das war wirklich hart. Anderthalb Stunden stand sie damals vor dem Bett und war nicht in der Lage, sich einfach hineinzulegen.

Jetzt sitzt sie im Auto und hat gerade ihren rechten Fuß rausgehievt. Kurz nach acht, sie ist natürlich wie immer die Erste, das lässt sich doch ganz gut an. Jetzt muss sie nur noch den linken Fuß nachziehen, darf dabei aber den rechten nicht bewegen. Sie weiß: Da ist eine Vierundzwanzig nicht drin.

Eins.

Nein! Mit den Zehen zuerst aufgekommen, also so geht's nun echt nicht.

Zwei.

Jetzt ist es die Ferse. Sie setzt sich eine Dreißig als Ziel.

Bei fünfunddreißig hat sie das Gefühl, der Absatz breche gerade ab, bei siebenunddreißig macht sie eine Pause. Sie ist nicht in Form heute mit dem linken Fuß. Vielleicht ist der Tag in der Klinik zu hart gewesen? Oder die verdammte Fahrerei nach Hause? Vier Umwege hat sie machen müssen, weil die Stadt vier neue Baustellen aufgemacht hat und alle liegen auf ihrem Weg zur Arbeit. Oder war es vielleicht doch der Anruf von Lily, die sich wieder von ihrem Freund hat verdreschen lassen und deswegen die letzte Nacht des Exit leider nicht live erleben wird? Oder … jetzt auch noch Ursachenforschung zu betreiben, ist ihr eigentlich ein bisschen zu anstrengend.

20:20 Uhr.

Sie muss jetzt mal zu Potte kommen, denn gleich sind die anderen da. Das ist ihr in all den Jahren erst dreimal passiert: nicht die Erste im Schuppen zu sein. Es endete sogar einmal damit, dass sie keinen Song in Ruhe durchtanzen konnte. Dass sie abbrach. Dass sie eher ging. Dass sie danach drei Stunden brauchte, um es von der Wohnungstür bis ins Bett zu schaffen. Dass sie die ganze Nacht wach lag. Und sich in Gedanken zur Ersten machte. Sich vorstellte, minutiös, wie sie um halb neun als Allererste an Wolfgang vorbei in diesen Schuppen spaziert, jeden Song durchtanzt, wie sie erst um halb vier wieder aus dem Laden heraustaumelt, wie sie erlöst zu Bett geht.

Das ist das Schlimme: Jetzt ist es schon wieder spät und jetzt muss sie. Dann geht es meist gar nicht.

Hör auf zu denken. Ha, das ist gut, flüstert sie, gerade jetzt aufhören zu denken, wo ich mittendrin bin, ihr Schlauberger da oben, ihr seid ja wohl nicht mehr ganz dicht!

Nummer achtundfünfzig schlägt fehl, aber sie ist zuversichtlich, dass es bei sechzig hinhauen wird. Schnell die neunundfünfzig machen: Stampf.

Okay. Und jetzt ganz locker, ganz in Ruhe, 20:52 Uhr, da hinten sieht sie Scheinwerfer, da kommen welche, jetzt geht's um alles.

Sie fixiert den rechten Fuß auf dem Asphalt, hebt den anderen heraus, kommt auf, stampf, Ferse und Vorderfuß gleich! Gleich? Hat sich da nicht doch einer vorgedrängelt?

Nein, das Kampfgericht in ihr hebt den Daumen, das sieht gut aus. Sie hat es geschafft, aus ihrem Auto zu steigen, in fast hundert kleinen Schritten. Es hat schon bessere Tage gegeben. Aber auch schlechtere. Und jetzt aber nichts wie rein.

Sie schließt den Wagen ab und auf, ab und auf, ab und auf und ab, beim achten Versuch ist es gut und sie rennt zum Eingang und endlich …

Verdammt: Heute ist Samstag.

Ja, schon, aber es ist doch die letzte Nacht.

Das zählt aber nicht, zischt die Stimme in ihr.

Es ist Samstag, und samstags wird gewürgt. Auch das noch.

„Mann, ich will da rein!", ruft sie zu niemandem.

Keine Chance, das lässt die Stimme in ihrem Kopf niemals zu, sie weiß es. Nicht ohne Würgen. Sie schließt die Augen, berührt jeden ihrer acht Ohrringe im linken Ohr, dann alle acht im rechten Ohr. Sie zieht viermal an ihrem Zungenpiercing, beim vierten Mal bleibt sie hängen und schreit quiekend auf.

Aber das war's noch nicht. Sie muss noch würgen. Viermal, Minimum. Bis ihr die Tränen kommen.

Guido und Silke

Oben steigen Guido und Silke aus einem alten grünen Fort Taunus, den Guido so lange behalten wird, bis ihn nur noch der Dreck zusammenhält. Bis dahin wird er ihm jede Woche einmal Waschstraße gönnen, mit einem Durchschnittsverbrauch von sechzehn Litern zufrieden sein und sich von Silke an den Wochenenden durch die Gegend kutschieren lassen. Er schaut ihr zu, wie sie den Wagen abschließt und ihn umkurvt. Betrachtet ihr langes rotes Haar, wie sie es über die Schulter wirft, ihr markantes Gesicht, in dem er jede einzelne Sommersprosse liebt, ihren großen, weichen Mund, die kleinen Fältchen um ihre Katzenaugen, den herausfordernden Blick, den sie ihm so oft zuwirft. In ihrer schwarzen Wildlederhose gehört sie eigentlich auf eine Harley, und vielleicht kann er sich auch mal irgendwann eine für sie leisten. Aber bis dahin muss Guido noch eine Menge Bürgersteige und Straßen bauen und Silke noch viele Jahre Kaffee und Kuchen servieren und sich dabei von cholerischen alten Gastroweibern ankacken lassen.

„So ein Teil. Das wäre noch viel, viel geiler als der hier."

„Was meinst du, Schatz?"

Er hat wieder laut gedacht und es nicht gemerkt. Er lächelt.

Sie erwidert es sofort, stellt sich dicht vor ihn, wuschelt mit ihren Händen durch sein kurzes braunes Haar und küsst ihn zärtlich auf den Mund, lässt dann ihre Lippen wandern. Auf sein blindes linkes Auge. Auf die Narbe, die sich wie ein schmaler, dunkler Faden kurz vor seinem Ohr am hinteren Rand der linken Wange bis zum Hals hinunterschlängelt. Sie hat ihn so kennen gelernt. Als es passierte, baute er gerade seinen zweiten Bürgersteig. Es kamen später Hunderte dazu, da passierte nichts. Aber es war ja auch genug geschehen. Es gibt Kollegen, die sagen, er dürfe gar nicht mehr arbeiten, mit nur einem Auge. Und dass irgendwann wieder was passiere. Aber er kann nichts anderes als Bürgersteige und Straßen bauen. Also baut er.

Sie lässt ihre Zunge an seiner Narbe entlangwandern, und ihm wird heiß und kalt. Sie liebt mich, denkt er.

„Och nichts. Ich hatte nur schon wieder unsere Harley vor Augen."

„Zur Silberhochzeit. Das sind noch fünf Jahre, das schaffen wir. Versprochen." Und sie sagt es so, dass er es ihr einen Moment lang wirklich glaubt.

„Hallo?", ruft er jetzt in den Wald hinein. „Wo seid ihr denn? Wir sehen nur eure Autos!"

„Hier unten!" Sams Stimme. „Runter mit euch, worauf wartet ihr? Du warst doch schon hier, du kennst doch den Weg."

„Echt, du kennst die Ecke?" Silke schaut ihn ungläubig an.

„Wir haben uns hier früher ein paar Mal zum Trinken getroffen. Schön da unten am Wasser. Meine Fresse, das ist schon so lange her, das glaub ich gar nicht mehr."

„Und was das jetzt hier werden soll, davon hast du gar keine Ahnung, ja? Das verstehe ich richtig?"

„Keinen Plan, ehrlich. Überraschung halt!"

„Und der andere ist jetzt auch ein Kollege von dir?"

„Klaus, genau."

„Ach ja, richtig, Klaus."

„Na, dann komm." Er nimmt sie an die Hand, steigt über die graue Leitplanke, die den kleinen Parkplatz vom Wald abtrennt, schiebt einen Busch beiseite und entdeckt den schmalen Trampelpfad, der hinunter ans Ufer führt.

Es sind nur ein paar Schritte nach unten.

„Downhill!", schreit Guido plötzlich und beginnt zu laufen, er zieht Silke mit sich, die beschwert sich lachend, sie stürmen zwischen den Bäumen hindurch, stolpern ans Ufer, Guido erblickt Sam, dann das Schlauchboot, dann das Bier, und er versteht sofort und ist total begeistert, aber im selben Moment lässt Silke seine Hand los, denn sie erkennt Klaus, und Klaus erkennt Silke, und beide stehen sich starr gegenüber und sie sind alles, aber nicht begeistert.

Becky

Sie hört schon die Musik von drinnen. Die Counting Crows. Sie sieht Wolfgang an der Türe stehen. Verdammt, ihr Schweine da oben, ruft sie in sich selbst hinein, es sind die Counting Crows, es ist *Mr. Jones,* und ich sollte schon längst *drin* sein!

Sie hält inne. Ein Wagen fährt hupend an ihr vorbei, sie ist nicht sicher, ob da einer grüßen oder sie von der Straße scheuchen will, sie stolpert an den Wegesrand, bleibt stehen und denkt an Kotze. Sie denkt so lange an Kotze, bis es irgendwann reicht. Sie steht röchelnd neben einem Baum, und beim vierten Würgen muss sie sich sogar noch zusammenreißen, um sich nicht wirklich vor dem Eingang zu übergeben. Tränen schießen ihr in die Augen und laufen wie kleine Salzbäche an ihren Wangen hinunter.

Sie wischt sie weg, und es überkommt sie eine Erschöpfung, die zugleich eine tiefe Traurigkeit im Schlepptau führt. Die Stampferei, das war ja in Ordnung. Aber dieses Würgen ist jetzt echt zu viel. Direkt vor ihr huscht eine Gruppe von Leuten in den Laden. Sie schließt die Augen. „Was mache ich hier eigentlich?"

Aber niemand antwortet. So wie nie jemand antwortet, wenn sie diese Dinge tun muss.

Als sie endlich so weit ist, dass sie durch die Eingangstüre treten kann, lächelt Wolfgang sie an: „Hi, heute mal nicht die Erste? Hab mir schon Sorgen gemacht."

Sie erwidert bemüht sein Lächeln, wischt sich die Augen, Wolfgang erkennt, trotz ihrer kleinen Nickelbrille mit dem schmalen, schwarzen Kassengestell, dass es Tränen sind.

„Hey, ist doch alles gut!", ruft ihr Wolfgang zu.

„Ja?"

„Klar. Und? Lila oder grün oder gelb?"

„Lila."

Witold knallt den lila-schwarzen Getränkechip auf den Tisch, sie hat von jeder Farbe einen zu Hause, so wie sie vier Exit-Feuerzeuge zu Hause hat und eine Exit-Tasse. Sie wird ihn gleich gegen das erste Flens des Abends eintauschen. Nein, vorher Kaffee.

Plötzlich fällt sie Wolfgang um den Hals, drückt ihn an sich, er spürt ihren schlanken, knochigen Körper, das schwarze Lackoberteil. Seine Hände umschließen ihre dünnen, tätowierten Oberarme, legen sich dann auf ihr kurzes, pechschwarzes Haar. Als sie von ihm ablässt, schauen sich beide in die Augen. Ihre funkeln tiefschwarz, seine strahlen die Ruhe von einem aus, der schon all das gesehen hat, worüber andere maximal schreiben.

„War schön." Beinahe schluchzt sie.

„Ist es doch. Noch ist nicht zu. Rein mit dir, lass es krachen."

„Gleich. Erst brauch ich meinen Kaffee. Auch heute."

Steffi erwartet sie bereits im Bistro.

„Ultrastark, das Zeug, das schwör ich dir. Damit kannste bis morgen um neun durchmachen."

„Danke."

Sie hält eine dunkelrote Tasse hoch, auf der in weißer, halb abgebröckelter Schrift das Wort „Lovely" steht. Becky streckt die Hand aus, spreizt die Finger und umfasst die Tasse so, dass sie einander nicht berühren und auch den Henkel nicht erreichen können. Das ist der einzige Nachteil an der Tasse: dass sie einen Henkel hat. In diese Tasse hat Steffi ihr am 13. Juni 1992 ihren ersten Exit-Kaffee eingeschenkt. Seither ist es ihre Tasse. Die Lovely-Tasse.

Steffi lächelt, Becky schaut ihr einen Augenblick länger in die Augen als sonst und erkennt, wie sie funkeln. Steffis Augen funkeln sonst nur so, wenn ihr eine gefällt. Sie bildet sich ein, dass sie für den Moment diese eine sein darf.

Guido und Silke

Guido weiß nicht, dass er sie einander nicht mehr vorstellen muss. Mit feierlichem Ton verkündet er: „Silke – Klaus. Klaus – Silke."

„Hallo."

„Freut mich."

Schweigen.

Sam und Guido schauen sich an, irgendwas ist schief an diesem Bild, hier in der beginnenden Dämmerung am Kiesufer, über ihnen Wälder, vor ihnen der Fluss, zwischen ihnen etwas Undefinierbares. Vielleicht ist es auch der Rahmen, vielleicht sogar die ganze Wand. Aber sie wissen nicht, was es wirklich ist. In so einem Moment spult man den Film gerne einfach vor, man vergisst die Szene, aber rausschneiden kann man sie auch nicht. Sie ist da und sie wird irgendwann, später, noch einmal eine Rolle spielen. Sam ergreift die Initiative, reicht den beiden ein Bier, alle vier stoßen an: „Also, auf euren Zwanzigsten!"

„Und jetzt fahren wir Boot, oder was?" Silke hat ihre Sprache wiedergefunden.

„Ja, nur leider ist es ein Familienboot für Eltern mit kleinen Kindern, wir werden also alle ein bisschen kuscheln, denn der Kasten Bier muss ja auch noch rein. Aber das passt schon. Und dann ab auf die Wupper."

„Ach, und es fehlt genau eine Schwimmweste, also lassen wir die einfach ganz weg", erklärt Klaus. Sie lächelt ihn höflich an und wünscht sich einen winzigen Augenblick lang, dass er gleich reinplumpst und nie wieder auftaucht. Und Klaus schaut sie so an, als wünsche er sich das auch.

„Und wo fahren wir hin?", fragt Silke, „bis zum Rhein? Da sind wir dann aber erst morgen früh, oder?"

„Nee, nicht bis zum Rhein", sagt Guido und funkelt plötzlich Sam an, „lass mich raten: Wir fahren ins Exit, richtig? Ich glaub's nicht, das ist doch die Nummer, die wir immer mal machen wollten: mit dem Schlauchboot ins Exit fahren. Und dann da 'ne Runde abrocken. Mein Gott, wie lange war ich nicht mehr da?"

„Und du kannst auch nur noch heute. Der Laden macht morgen zu."

„Richtig, hab ich gelesen. Bitter ist das, wirklich. Aber eine echt geniale Idee von dir, Sam." Und dann, an Silke gewandt: „Schatz, du warst noch nie im Exit, oder? Komisch eigentlich, wir waren da nie zusammen drin, dabei ist die Musik doch eigentlich … also, das wird sicher gut." Für einen kurzen Moment überlegt er, dass sie in der Tat nie mitwollte, wenn er hinging, und dass er sich da nie weiter Gedanken drum gemacht hat. Und er macht es auch jetzt nicht. Aber Silke steckt inzwischen in so einer Szene, die später noch einmal eine Bedeutung haben wird, und wenn Guido wüsste, warum das so ist, dann würde er sicher nicht nur diese eine Szene rausschneiden wollen. Er würde die ganze Filmrolle wegwerfen. Ganz weit weg.

Silke spürt, wie ihr das Herz klopft, wie ihr das Blut in den Kopf steigt und sich ihre Gesichtsfarbe der ihrer Haare angleicht. „Alles klar, Schatz? Schatz?"

Sie starrt Klaus an. Klaus schaut zur Seite. Er hält ihrem Blick nicht stand. Sie muss jetzt was sagen. „Ja, alles super, ich war da nur wirklich noch nie drin. Und was man so hört, na ja …"

„Ist eine Rockdisco, mehr nicht", beginnt Guido, „eigentlich auch echt deine Musik. Da war mal was anderes drin, vor zwanzig Jahren oder so, sicher, aber da war ich noch nicht drin, nur der Sam hier. Klaus, du auch, oder?"

Aber als niemand mehr etwas sagt und Guido spürt, dass hier gerade irgendwie was zu kippen scheint, nur nicht was, und in welche Richtung, und warum überhaupt, da bricht er es einfach ab.

Er marschiert zum Boot, stellt den Kasten rein, dazu den Ghettoblaster, der sich nach dem *Paranoid*-Desaster selbst ausgeschaltet hat, und ruft: „Also, wollen wir oder liegt das Boot hier nur zur Zierde?"

Während sich Guido mit dem Schlauchboot befasst, schaut Sam die beiden an, erst ihn, dann sie, dann wieder ihn, er liest in ihren Gesichtern, und als Silke an ihm vorbeimarschiert und sich von Guido ins Boot helfen lässt und ihm einen Kuss gibt, der ihn beruhigen soll, nutzt Sam genau den Bruchteil einer Sekunde, der ihm bleibt, und kommt Klaus ganz nah: „Das ist jetzt nicht das, was mir gerade irgendeine irrwitzige Stimme in meinem Kopf einreden will, oder? Das kann es nicht sein."

„Halt dein Maul", schnauzt Klaus ihn gepresst an, Sam begreift, dass die Irrwitzstimme wohl recht hat, und er hat keine Ahnung, wie er diese Nummer hier überstehen soll.

Max

Max ist kein Hardcore-Rocker. Er war ein Donnerstagskind, eines von denen, die den Freitag noch mal eben auf der halben Arschbacke abgerissen haben. Vier Stunden Schlaf reichen, wenn am nächsten Tag um 14 Uhr Schluss ist. Er braucht keine Verwandlung, bevor er hierhin kommt, wie so manch andere. Keine Kutte, keine lange Matte, kein Pathologie-Parfüm, seine Idee von einem Tattoo verwarf er, als er Paul bei dessen zweitem Tattoo begleitete und der einmal so schrie, dass ihm selber schlecht wurde. Er schaut an sich herunter und findet sich mal wieder langweilig. Blaue Levis, schwarzes Shirt, Sneakers und alles so klein. Er könnte in diesem Outfit auch auf eine Schlagerparty gehen oder ins Kabarett, das würde keiner Sau auffallen. Klein eben.

Aber das hier ist die letzte Nacht, und da haben alle und alles ihren Platz, auch er und sogar Juli mit *Geile Zeit*, das lief vorhin schon und eben wieder und es war ja auch eine geile Zeit. Er hat hier drin noch nie auf Juli getanzt. Aber jetzt ist Vossi dran, der hat auch schon mal die Donnerstage gemacht, jetzt holt er die Hardcore-Menschen ab, sind schon genügend am Start, und da steht er selbst lieber nur rum und schaut, wie sie total abgehen auf die Songs. Er liebt es, hier ordentlich abzurocken, aber fast genauso geil ist das Zuschauen. Beim *Great Song of Indifference* vorhin ist einer ganz alleine draufgestürmt, der ist total ausgerastet, in der Luft herumgesprungen, alles barfuß und dann bei so einem Song, der muss sich alles ausgerenkt haben. Jedes Instrument, von der Geige bis zur Flöte, hat sich als Zucken seines Körpers widergespiegelt, und nach 4:30 Minuten, als sich Bob Geldof aus seinem eigenen Song herausgelacht hat, da ist der Typ so lässig wieder runtergeschlendert, als latsche er vom Bett ins Bad, hat sich auf eine Couchecke gehockt, an seiner Flasche genippt und war glücklich. Was macht ihr nur alle morgen?, fragt er sich. Natürlich gibt es andere Läden, natürlich werden sich einige wiedertreffen, wieder gemeinsam rocken, aber …

Von irgendwo hinten winkt ihm Anne zu, er winkt zurück, sie macht eine Geste, die sagen soll, ich komme gleich mal zu euch, aber jetzt muss ich zu meinen Leuten. Verdammte Cliquenwirtschaft, denkt er, aber das war nie anders hier. Sie kommen in Rudeln oder schließen sich ihnen an, und ein Wechsel ist gar nicht so gern gesehen, da wird über Ablösesummen auch mal gar nicht erst verhandelt. Er hasst diese Rudelbildung, er ist oft und gerne auch mal alleine gekommen, donnerstags, wenn er einfach nur tanzen wollte, nicht reden, nicht trinken, nur versinken in der Musik, stundenlang. Rudel kann er nicht.

Anne kennt er seit Ewigkeiten, aber trotzdem nur ein winziges bisschen. Er weiß nicht, wie viele Male sie gemeinsam auf einer von Pauls sinnlosen Partys total abgestürzt sind, die hat er früher ständig veranstaltet, ehe er sich aus seinem wahren Leben verabschiedet und dann auch nie wieder wirklich dahin zurückgefunden hat. Aber gelaufen ist da nie was, und immer dann, wenn sie halbwegs über eine Art Smalltalk hinausgekommen waren, schmierten sie ab.

Sie winken beide zurück, Max und Paul, der neben ihm steht, anderthalb Kopf größer ist als er und zwei Jahre älter, aber zehn Jahre älter aussieht, und Paul hebt wie zum Gruß seine zweite Flensflasche. Max schaut auf Pauls Bauch und kann es noch immer nicht fassen: Paul hat es gewagt, sein uraltes Manowar-T-Shirt rauszukramen, bei dem das M fehlt. Eigentlich ist genau das hier gerade seine Musik, die Hardcoreschiene. Sein Musikstil hat sich seinem Leben angepasst, seinem ganzen Sein, alles ist härter geworden bei ihm als früher. Aber anowar, das geht gar nicht.

Paul braucht einen Pegel, sonst kann er gar nicht erst draufgehen, er braucht diesen Gleichgültigkeitsblick in seinen dunkelgrauen, alten Augen, dieses Scheißegal-Gefühl, und das tritt frühestens ab dem fünften Flens ein. So war es früher hier, so war es in den anderen Clubs, in denen er in der Zwischenzeit gelandet ist, so wird es heute wieder sein. Paul und sein Pegel. Er hat sich längst krank gesoffen, sein Magen rebelliert seit Monaten, Max weiß das, er hat sie erlebt, die Rebellion, er war einmal dabei, als sie im Krankenhaus endete, er hat erfahren, dass der Arzt ihn warnte, aber für Paul haben Freundschaften dann ihre Grenzen, wenn sie sich zu sehr in seine Belange einmischen.

Und einer dieser Belange ist Sonja gewesen, und die hat ihn für ein paar Jahre von allem ferngehalten. Doch das ist lange vorbei. Paul ist wieder mit ihm hier. Noch einmal, nach all den Jahren.

Guido und Silke

Klaus hat eine Überraschung dabei. Sie haben kaum abgelegt, da fingert er etwas Gras aus der Lederjackentasche und dreht einen Joint.

„Klaus, du bist der König", ruft ihm Guido zu, Silke ringt sich ein Lächeln ab, Sam wischt so lange an der CD herum, bis keine Krümel mehr drauf sind und sie diesmal vielleicht unfallfrei durchläuft. Er drückt auf Play, es beginnt mit Deep Purple, und wenn an diesem Abend für diese vier irgendwas stimmig ist, dann dieser Moment. Die Tüte geht rum, sie lassen sich ein Stück treiben und grölen so laut *Smoke on the water!*, dass es durch das ganze Tal schallt.

Sie wechseln sich später mit dem Rudern ab, nur Silke ist befreit, sie zieht die Hälfte des Joints alleine weg, sie hat keine Wahl, sonst wird sie hier wahnsinnig.

Nach einer Stunde legt sie den Kopf zurück, schaut in den Himmel, der sich seinen bergischen Regen endlich mal spart, und lauscht dem sinnlosen Gequatsche der Kerle, die sich so hemmungslos betrinken, dass sie keine Ahnung hat, wo das hier enden soll, aber jetzt ist es ihr gerade fast ein bisschen egal.

In der Kohlfurth nimmt die Wupper an Fahrt auf, jetzt ist Sam gefragt, der DLRG-Held. Guido reicht ihm das Ruder.

„Komm, du Rettungsschwimmer, nimm mal das Paddel, jetzt wird's brenzlig."

„Brenzlig. So'n Quatsch, du Weichei. Los, her damit."

Der alte Ghettoblaster schleudert die Ur-Fassung von *Whiskey in the Jar* in den feuchten Augustabend hinaus, die beginnende Dunkelheit hat sie längst erfasst, das Wasser schimmert dunkelgrau, es ist kühler geworden. Guido krabbelt zu ihr nach hinten, das Boot wackelt bedenklich, er setzt sich dicht neben sie, sie schmiegt sich an ihn.

Links von ihr kauert Klaus, der schon seit einer Ewigkeit sein Bein gegen ihres lehnt, sie lässt das zu, und er genießt es, doch wie sie sich jetzt an ihren Mann kuschelt, mit ihren Fingern in seinen Haaren spielt, sich dann zu ihm dreht, mit ihrer Zunge sein Ohrläppchen massiert, ihn küsst, lange und intensiv, das kann er nicht sehen, auch nach all den Jahren nicht, und er blickt verbittert in die Ferne. Sam fängt seinen Blick ein, während er das Boot nach fünf großen Pils immer noch ziemlich ordentlich über die Wupper steuert, und fragt sich, was ihn geritten hat, ausgerechnet Klaus mitzunehmen. Ausgerechnet Klaus.

Peter

„So lonely, so lonely, so loneleeeey!“ Sie springen auf, jetzt kommt das Solo, der Part danach ist fast wie Reggae, dann ziehen sie das Tempo wieder an, und Britt und Tom werfen in Peters kleinem Wohnklo die Köpfe hin und her. *„Lo lo lo“*, beginnt Britt, und Tom ergänzt: *„I feel so, I feel so, I feel so!!!“* Und umgekehrt.

Peter sitzt einfach nur in der Ecke, er verschwindet fast in seinem abgewetzten schwarzen Riesensessel und setzt das dritte Bier an, er hat sich einen guten Vorsprung herausgearbeitet, die beiden anderen sind gerade mal beim zweiten, und das teilen sie sich auch noch. Aber er braucht diesen Vorsprung. Er wird noch viele Flaschen brauchen, um es auszuhalten, um so wenig zu spüren wie möglich, vor allem, wenn der Morgen naht.

Aber jetzt hat die Nacht noch nicht einmal angeklopft, es ist kurz nach zehn, sie glühen gerade erst vor, und als Pearl Jam kommen und Stings Uralt-Polizisten ablösen, da wiegen sie sich im Dreivierteltakt von *I am mine.* Er hat seine Exit-Top 500 diesmal einfach nur auf Zufallswiedergabe gestellt, da sind dann halt auch mal Police und Pearl Jam dabei. Sonst hat er immer einen wahren Kult betrieben, wenn sie sich bei ihm trafen, manchmal waren sie zu fünft, manchmal zu zehnt, er brachte auch mal zwanzig Leute auf den zwölf Quadratmetern seines Wohnzimmers unter. Immer genau eine Stunde vorher hat er die Songs ausgewählt, hat Vorglüh-Themenabende veranstaltet, natürlich auf den Wochentag angepasst. Das Dark-Wave-Glühen. Das Hardcore-Glühen. Das Alternative-Glühen. Heute gibt es nur das Exit-Glühen.

Er schaut sich um in den zwölf Quadratmetern. Das Type-o-Negative-Poster hat sich über die Jahre völlig verfärbt. Er wollte es immer in einen Rahmen stecken. Aber, Gott, es ist ein Poster. Für seine CDs hat er sich einen Turm gebaut, der reicht bis an die Zimmerdecke. Er mag das eigentlich nicht, alles nur noch digital und auf dem Rechner, er braucht eine Platte und auch von denen, den echten Vinyl-Dingern, hat er noch Hunderte. Sie stapeln sich in dem kleinen Miniraum, den sein Vermieter als Keller bezeichnet. Er braucht auch die Hüllen und die Booklets und ihren Geruch, wenn sie neu sind, und er braucht die ersten Fingertatschen auf schwarzem Glanzpapier. Und das Lesen der Texte in seinem alten Sessel unter der Funzel des blassgelben Deckenfluters, den er vor ein paar Jahren auf dem Flohmarkt erstanden hat. Eigentlich passt gar nichts zusammen in dieser Bude, alles ist alt und billig. Trotzdem hat er sich hier immer wohlgefühlt.

Er streicht sich durch die Haare, die mal lang und schwarz waren, ehe die Stirn immer höher, die Frisur immer kürzer, das Trinken heftiger, sein Gesicht schmaler und die Zeit einfach eine andere wurde, er zündet sich eine Kippe an und betrachtet die Anlage hinten in der Ecke. Fixiert die Digitalanzeige des Equalizers und die silbernen Klangtropfen, die im Takt der Musik von oben nach unten regnen. Dann die riesigen Boxen, die unendlich hässlich aussehen und immer noch einen unendlich geilen Klang erzeugen und ihm schon unendlich viele Besenstiel-an-die-Decke-Attacken aus dem ersten Stock eingebracht haben. Heute ist es ihm egal. Eddie Vedder singt auf voller Lautstärke, und er hockt einfach nur da und wiegt sich jetzt auch wie automatisiert im Rhythmus, dabei mag er Pearl Jam nicht mal.

„Was ist los? Auf mit dir, Alter!“, ruft ihm Tom zu, aber er lächelt nur stumm. Und in Toms Augen stehen offene Fragen, denn Peter ist heute nicht Peter, er ist anders, er ist irgendwie weg.

Eine seltsame Ernsthaftigkeit tritt in Toms Augen, jetzt wechseln sie kurz die Blicke, lassen den Song Song sein und schauen ihn wieder an, wie er da einfach nur hockt, so seltsam weit entfernt.

„Alles gut!“, ruft er ihnen zu, „macht ihr mal.“

Irgendein Song von einem Film-Soundtrack läuft an und nimmt das Tempo raus und die beiden Tanzenden setzen sich. Britt schmiegt sich an Tom, sie teilen sich ihre Flasche und lauschen einfach nur.

„Wer ist das?"

„Keine Ahnung, klingt ganz okay. Aber heute Abend klingt ja sowieso alles okay."

Wieder schweigen sie, minutenlang, Song für Song.

Britt prustet plötzlich los: „Wisst ihr noch, als Holger in die Wupper gefallen ist?"

Eine Bierfontäne schießt aus Toms Mund. Die Suppe läuft ihm übers Kinn auf das schwarze Rüschenhemd. „Mann, warum musst du damit anfangen, während ich trinke?"

„Auf Schwarz sieht man doch eh nix!"

„Der Holger war so blau, so was hab ich überhaupt noch nicht gesehen", lacht Tom und zündet sich eine Kippe an. „Der ist aus dem Laden raus und will einfach nur frische Luft schnappen. Torkelt am Ufer rum und fällt voll rein."

„Und ich hab ihn rausgezogen." Jetzt schauen sie Peter an, aber er schaut nicht zurück, sondern aus dem Fenster in die Dunkelheit hinaus und er sieht sich an der Wupper stehen, Jahre ist das jetzt her, und er packt Holger am Kragen und dann unter den Armen und zieht ihn aus dem Wasser, und Holger faselt irgendwas von „Boh, jetzt regnet's aber richtig" und Peter hält ihn auch dann noch, als er das ganze Ufer vollkotzt. Und er legt Stunden später seinen Arm um ihn, als sie irgendwo im Wald, hoch über dem steinigen Weg nach Schaberg, die Nacht unter einer Decke verbringen. Weil es einfach nicht mehr anders geht.

„Wir haben damals da geschlafen", sagt er, den Blick immer noch auf das Fenster gerichtet, und leert die dritte Flasche.

„Wer? Du und Holger?“

„Mann, Tom, das hat er doch schon ein paar Mal erzählt. Du hast aber auch ein Gedächtnis wie ein Sieb.“ Britt gibt Tom einen Stups und sie lachen, jetzt auch Peter.

Er wird schnell wieder ernst: „So was haben wir danach nie wieder gemacht … wir haben danach überhaupt nicht mehr viel mit ihm gemacht.“

Sie schauen alle auf die linke Box und auf den dunkelbraunen Rahmen, der oben draufsteht, und auf das Schwarz-Weiß-Foto, das dort drinsteckt, und auf das freundliche, lebensfrohe Gesicht auf diesem Foto, auf die wachen Augen, auf die Grübchen neben dem Mund, auf die Stirn, die viel zu hoch reicht für sein Alter und seine Haare dreist in Richtung Hinterkopf verdrängt hat.

Und sie schauen auf das schwarze Band, das über der rechten oberen Ecke des Rahmens hängt.

Als die Boxen die Live-Version von *Asche zu Asche* ausspucken, vibriert der Rahmen ein wenig, und alle drei schließen die Augen und singen mit: *„Warmer Körper, weißes Kreuz, falsches Urteil, falsches Grab …“*

Sie springen auf und rocken die zwölf Quadratmeter, und unten, im ersten Stock, stößt ein alter Mann mit einem Besenstiel gegen seine Zimmerdecke, wieder mal, denn er möchte gerne im Ersten einen blonden Mann verstehen, der Menschen in Trachtensachen ankündigt, aber im Moment hört er nur ein Wummern, so dunkel wie die schwärzeste Nacht, und der Alte ist der Verzweiflung nahe, denn das da oben geht jetzt schon seit mindestens drei Jahren so mit dem verdammten Wummern, seit dieser Irre hier ins Haus gezogen ist. Und wenn er nicht schon im Schlafanzug hier säße, dann ginge er sich jetzt beschweren, dann würde er diesem Typen da oben aber endlich mal ordentlich die Meinung sagen. Der mit seiner ständigen Sauferei und seinen beknackten Freunden da jedes Wochenende und dem verfluchten Lärm, das kann doch kein normaler Mensch aushalten.

Ab Montag muss der Alte keine Sorge mehr haben. Ab Montag wird es ruhiger sein im Haus. Aber das weiß der Alte nicht. Das wissen auch Britt und Tom nicht und auch nicht Ina und Alex, die gleich noch kommen werden.

Das weiß nur Peter.

Als es an der Tür klingelt, schreit die Box gerade *Thunder*. Peter stellt Bier Nummer vier ab und spürt auch schon ein bisschen, dass es bereits Nummer vier ist, und schlendert durch seinen schmalen Flur, vorbei an der Küchenzeile, zur Tür. Er hört nicht, wie die beiden flüstern.

„Was ist denn mit dem los heute?"

„Was soll los sein? Es ist die letzte Nacht."

„Der ist doch sonst nicht so. Der trinkt und trinkt und sitzt nur rum und nichts passiert."

„Frag ihn doch einfach. Was soll denn diese Lästerei jetzt hier?"

„Ich läster doch gar nicht! Man wird sich ja wohl noch Gedanken machen dürfen."

„Was meinst du, kommen heute alle?"

„Lenk nicht ab. Was juckt mich das denn jetzt? So oder so: Wir sollten jetzt langsam mal los."

Die Bierflasche wird geleert, Kippen werden ausgedrückt und Outfits halbwegs geradegerückt. Britt steht prüfend vor Peters kleinem Spiegel mit dem gesprungenen Glas in der Ecke und schaut sich selbst tief in die Augen. Tom tritt neben sie, prüft sein schwarzes Rüschenhemd, nestelt am Kragen herum, zieht eine metallene Runenkette hervor und betrachtet sie. „Was schaust du so skeptisch? Doch zu viel Puder genommen?"

„Ach, bin ich dem Herrn zu blass, oder was?"

Sie dreht sich zu ihm, legt ihm ihre zierlichen Hände um den Hals, fährt mit dem Nagel durch das Fleisch, bis es genauso schmerzt, dass es gut tut, und küsst ihn. Sie lächelt ihn an, wendet sich noch einmal zum Spiegel, und ihr Blick verfinstert sich: „Wenn die, die heute alle da sein wollen, mal in den letzten zwei Jahren immer da gewesen wären, dann wäre es so weit gar nicht gekommen."

Die Worte sind kaum gesagt, da steht Peter mit Ina und Alex bei ihnen, und auch die Hosen erzählen gerade von einem Alex, und sie umarmen sich alle, drücken sich, küssen sich schweigend und kommen sich ein bisschen vor wie vor einer Beerdigung. Vielleicht ist es das auch, aber das, was sie heute Nacht zu Grabe tragen, mit den vielen anderen, die sie gleich treffen werden, ist kein geliebter Mensch.

Max

Zu den Dingen, die Max nie vergessen wird, gehört, wie er Paul anrief, als er vom Ende erfuhr.

„In zwei Wochen große Abschiedsparty."

Beim Zeitungholen fiel ihm der Flyer in die Hände, er lag neben der Kasse, einfach so. Die Exit-Homepage bestätigte es umgehend: *Danke für eure Treue. Wir haben alles versucht.*

Es geht nicht mehr. Unser Dankeschön: Die große Abschiedsparty am 5. August. Bis 21 Uhr Eintritt frei. Er griff sich das Schnurlose und ging auf den Balkon. Waschküchenwind schlich wie eine geprügelte Katze ums Haus. 18 Grad, Nieselregen. Eigentlich wie immer.

Nach dreimal Klingeln ging Paul endlich ran.

„Ja?"

„Es ist so weit. Sie machen zu."

„Wer ist denn da?"

„Sie machen zu, Paul."

„Max? Bist du das? Mann, lange nix gehört! Ein Wunder, dass du mich überhaupt erreichst. Ich bin mal wieder krankgeschrieben, mein Telefon streikt eigentlich auch, der Anschluss, weißt du, und …"

„Das Exit macht zu. Ende. Aus."

„Ja, das hast du jetzt dreimal gesagt. Und? Ich war ewig nicht da. Sieben Jahre oder so. Ja, kommt sogar ziemlich genau hin."

„Dann hast du jetzt noch einmal die Chance."

„Was? Du kannst mich mal. Ich geh da nicht mehr rein. Hast du deswegen angerufen? Dann kannste gleich wieder auflegen. Ciao."

„Verdammt, Paul, jetzt wart doch mal. Ich weiß, das läuft dir immer noch nach, aber was da damals war oder besser gesagt: nicht war, das ist doch jetzt egal. Und was danach alles war, das ist doch auch schon gar nicht mehr wahr. Du musst mit. Du gehörst da rein. Fertig aus."

Es knackte in der Leitung. Paul schwieg, atmete aber deutlich vernehmbar in den Hörer.

„Bist du noch dran?"

„Wieso machen die eigentlich zu, Max? Einfach so oder wie?“

„Einfach so! Nichts passiert einfach so. So was passiert heimlich, still und leise. Da spricht keiner drüber. Da läuft monatelang, jahrelang immer ein bisschen weniger. Ich hab's ja gesehen. Und dann, ganz plötzlich, bumm. Waren doch am Ende kaum noch Leute drin, und seit die angefangen haben, diesen Brückenpark dahin zu bauen, ging's extrem bergab. Und trotzdem: Da endet eine Ära, nicht weniger.“

„Du immer mit deinem Pathos. Schreib's doch in eine deiner Kurzgeschichten.“

„Ja, dann mach ich halt auf Pathos. Wie oft hast du nach dem zigsten Bierchen vor mir auf der Tanzfläche gestanden, dann kam Creed oder was weiß ich, und du warst einfach nur glücklich und wolltest am liebsten die ganze Welt umarmen?“

Ein gelbes Blatt fiel von einem Ast herunter, torkelte in der Luft wie ein Besoffener, landete vor seinen Füßen.

„Und jetzt ist einfach so Schluss?“, fing Paul wieder an. „Wann denn?“

„In zwei Wochen.“

„Und? Steht sie immer noch an der Bar?“

„Was? Das meinst du doch jetzt nicht ernst, oder? Das ist doch wohl jetzt kein Grund …“

„Ich frag doch nur.“

„Ab und zu, ja. Die arbeitet halt da. Kann gut sein, dass sie dann auch da ist, mit Sicherheit sogar, ist ja schließlich die letzte Nacht.“

Paul schwieg erneut. Max wusste, was jetzt gerade in ihm

vorging: Elli. Elli hinter der Bar. Ein Blickkontakt, ein halbes Lächeln, mehr war das nicht, damals vor sieben Jahren. Eigentlich so gut wie nichts. Trotzdem war danach alles anders geworden.

Jetzt fiel ihm ein braunes Blatt vor die Füße, das war schwerer, also torkelte es nicht, sondern sackte auf den Boden wie ein erschossener Cowboy aus einem Billigwestern. Als Max schon nicht mehr ernsthaft damit rechnete, fand Paul am anderen Ende plötzlich Worte. „Weißt du noch, als ich so betrunken war, dass ich dich mitten auf der Tanzfläche bespringen wollte?"

„Ja."

„Weißt du echt noch? Ich hatte wieder mal Magenschmerzen wie ein Otter und dann dieses Starkbier, Gott war mir schlecht."

„Ja."

„Wir waren ständig nassgeschwitzt. Junge, du warst kaum in dem Laden, da ging die Post schon ab. Bist ja eigentlich immer nur zum Pinkeln runter. Wie Zippl. Der hat auch immer durchgetanzt, dieser Verrückte."

„Ja."

Er hörte, wie Paul am anderen Ende aus dem Stuhl in seinem Zimmer aufstieg und durch die Wohnung schlich. Fertighaus-Boden knarzte unter seinen Schritten.

„Was hörst du da eigentlich gerade, Max? Klingt wie …"

„*Lightning Crashes,* richtig. Lief immer donnerstags so gegen halb zwei, wenn sowieso schon alles egal war. Weißt du noch? *An old mother cries.*"

„*Her placenta falls to the floor.*"

„*An old mother dies.*"

„*This moment she's been waiting for* … Gewonnen. Ich bin dabei."

„Na geht doch. Ich hol dich ab."

Wieder schwieg Paul. Aber Max wartete nicht auf eine weitere Reaktion. Er stellte das Schnurlose auf den schmutzigen Balkontisch und ließ sich auf einen nassen Stuhl sinken.

Live: *Lightning Crashes*
Creed: *What's this life for*
Bruce Dickinson: *Tears of the Dragon*
Alice Cooper: *Poison*
Metallica: *Whiskey in the jar*
Eagles: *Hotel California*
Pearl Jam: *Black*
The Eternal Afflict: *San Diego*

Die fielen ihm als Erstes ein, es waren vor allem seine Donnerstagssongs. Wahrscheinlich saßen jetzt an tausend anderen Orten tausend andere Menschen, die Mittwochsfrauen, die Sonntagstypen, die Freitagscliquen, und ihnen allen fielen gerade ihre Songs ein, ihre ewigen Favoriten, und sie dachten daran, wie es war, zu ihnen zu tanzen. Unten, im Exit.

Die Szenen zogen wie ein Film vor seinen Augen vorbei, Songfetzen vermischten sich in seinen Ohren zu einer Collage, alles ein großer Ballon aus Erinnerungen.

Er würde seine Donnerstage und Samstage auch in Zukunft schon rumkriegen. Und die anderen ihre Mittwoche, Freitage und Sonntage. Aber in zwei Wochen würde auch etwas enden, etwas sterben. Er war mit dem Exit aufgewachsen. Eine schwarz-weiße Bude an der Wupper, so groß wie das Wohnzimmer einer Luxusvilla, schwarz, einfach nur schwarz alles und dauernd fiel irgendeine Box aus. Immer dann, wenn der geilste Song an der allergeilsten Stelle ankam, fiel eine verdammte Box aus und der Augenblick war im Eimer, aber irgendwie musste das so sein.

Er wollte eine Selbsthilfegruppe gründen.

Max: „Guten Tag, ich bin Max."

Gruppenleiter: „Hallo Max. Schön, dass du bei uns bist."

Max: „Ja, hallo. Mein Exit schließt, und jetzt habe ich Angst, dass meine Jugend irgendwo hinter einer schweren, grauen Türe verschwindet und ich alt und senil werde und nie mehr zu geiler Rockmusik tanzen darf."

Gruppenleiter: „Danken wir Max, dass er sich uns geöffnet hat. Du wirst es schaffen, Max."

Gruppe: „Danke Max."

Applaus.

Er drückte die Repeat-Taste und hörte sich *Lightning Crashes* fünfmal nacheinander an, diese Belohnung für alle, die donnerstags bis halb zwei durchgehalten hatten, obwohl sie am Freitag alle arbeiten mussten, früh raus, noch einmal funktionieren, und sie setzten alle einen dicken Haufen auf den verdammten Freitag. Und früher, als der Laden sogar noch dienstags aufhatte, da kackten sie gleich die gesamte Woche an.

Er lauschte der Musik und lächelte das Sommergrau an.

Lightning crashes, an old mother cries.
Her placenta falls to the floor.
This moment she's been waiting for.

Sieben Jahre war er ohne Paul da. Er war nicht mehr sein

bester Freund, schon längst nicht mehr. Aber immer noch ein guter.

Max hat gar nicht gemerkt, dass er die Augen die ganze Zeit geschlossen hatte. Wie aus einem Schlaf erwacht, schreckt er auf einmal hoch. Paul ist verschwunden, er entdeckt ihn an der Bar, und er sieht seinen Blick. Wie er Elli fixiert, die in dieser letzten Nacht natürlich hinter der Theke steht. Paul hat sein drittes Flens bestellt und fixiert sie auf eine Weise, die Max nicht gefällt. Aber dieser Blick ist nicht so schlimm wie sein T-Shirt. anowar. Großartig.

Guido und Silke

Die Dunkelheit hat alles verhüllt, und sie lassen sich einfach treiben. So, wie sie sich seit zwanzig Jahren durch ihr Leben treiben lassen, es ging immer irgendwie weiter. Sie verloren Jobs, bekamen neue, begruben ihre Eltern, nahmen Abschied, bekamen nie Kinder, fanden sich damit ab, behielten immer ihre Freiheit, ihre Freunde, sie reisten, kamen an, gingen weiter, gemeinsam. Sie schauten zu, wie Ehen zerbrachen, wie Dramen ihren Lauf nahmen, wie Paare als Feinde endeten, sie verstanden all das nicht. Natürlich stritten sie, oft sogar, aber es hat immer eine Versöhnung gegeben. Sie hatten ihre Abenteuer, haben sie heute noch, aber gemeinsam, keiner der beiden macht einen Blödsinn, von dem der andere nichts weiß, ihr Vertrauen ist so tief wie das Fundament eines Hauses, das die beiden aus Stein niemals bauen werden, dazu fehlt ihnen das Geld.

Sie tragen dieses Haus in sich, sie haben es gemeinsam aus Zuneigung und Respekt und Liebe erschaffen.

Doch Silke hat in eine ihrer Wände ein Geheimnis eingemauert. Es steckt tief unter Putz, und darüber hat sie eine dicke Tapete geklebt.

Sie war längst drüber hinweg und er hat ihr dabei geholfen, ohne es zu wissen.

Aber jetzt sitzt einer mit im Boot, der eine Abrissbirne dabeihat, und wenn er die schwingt, dann wird der Putz bröckeln. Dann werden die Steine aus der Wand brechen und mit ihnen eine kleine dunkle Schatztruhe, und ihr Deckel wird sich öffnen und ein verknittertes, altes Blatt Papier wird herausflattern und darauf wird stehen …

„Hey, da vorne ist die Brücke, wir sind gleich da! Aufwachen, ihr Kiffer!"

Silke und Guido schauen wie aus einem Abendtraum erwacht auf, lächeln zufrieden, auch Klaus bemüht sich um ein Lächeln, aber er kriegt es nicht hin.

„Mensch, Klaus, dreh dir doch noch einen! Was bist 'n du so unentspannt?", ruft ihm Guido mit einer Stimme zu, die genauso abgehoben klingt, wie er sich gerade fühlt.

„Unentspannt? Bin ich nicht, alles gut so weit! Freu mich jetzt auf den Laden", lügt Klaus.

„Ich mich auch. Unfassbar, dass es den morgen nicht mehr geben soll."

„Dann gibt's 'n anderen", raunzt Sam ihm rudernd zu.

„Nee, Sam, aber nicht so einen."

Silke und Klaus schauen sich nur an. Und Klaus ahnt, so viel kann er gar nicht kiffen, dass er es nicht mehr spürt. Und sie auch nicht.

Peter

Peter wohnt in Solingen, direkt in der Stadt, ganz in der Nähe eines Buchladens, in dem er sein letztes Buch vor Wochen gekauft hat. Er hat das gesamte Fantasy-Programm durch, das stapelt sich jetzt in seinem Schlafzimmer, Buchdeckel an Buchdeckel, er hat sich auch hierfür einen Turm bis unter die Decke gebaut. Peter, der Tischler, der immer einen guten Job gemacht hat und trotzdem am Montag nicht zur Arbeit kommen wird.

Als sie im kühlen Abendwind an der Buchhandlung vorbeistiefeln, trinkend, rauchend, erzählend, wirft er einen Blick hinein. Sie haben ein neues Fantasy-Schaufenster gestaltet, und er erkennt eine Menge Titel, die er noch nicht hat, diese Geschichten sprießen ja wie Pilze aus dem Literaturboden und manche sind genial und manche schmecken einfach nach gar nichts.

Er gibt sich Mühe, bei seinen Freunden zu sein, so schwer es ihm auch fällt in dieser Nacht der Wisst-ihr-nochs, in der sie sich alle noch hundertmal zurückerinnern.

Wisst ihr noch, damals an der Bar, bei Nicole? Als ich schon so voll war, dass ich noch nicht mal mehr das Wort „Bier" sagen konnte, höchstens noch „Iääääh…!" und sie mich mit ihren großen, dunklen Augen so liebevoll ansah wie eine Mama, und wie sie sich zu mir rüberbeugte, in all dem Trubel, mich anschaute und fragte: „Na, 'n Flens?" Und wie ich einfach nur dankbar nickte, weil … mehr ging einfach nicht.

Wisst ihr noch, wie wir immer unsere Bierflaschen in den Büschen am Wupperufer versteckt haben und zwischendurch raus sind aus dem Laden und sie am Ufer in zwei Zügen geleert haben, weil es drinnen schon wieder abging und wir ganz schnell wieder reinrannten? Aber es gab Nächte, da blieben wir auch einfach sitzen, denn auch über der Müngstener Brücke riss manchmal der Himmel auf und die Sterne traten aus ihrem Versteck hervor und schenkten uns einen Blick auf sie. Wir schauten in den Himmel, lauschten dem Plätschern der Wupper, von fern wummerte der Bass und wir waren einfach nur da. Und das reichte.

Er nimmt teil an ihren Geschichten, von denen sie an diesem Abend, in dieser Nacht, noch so viele erzählen werden. Er lauscht schweigend ihrer Fröhlichkeit. Er hofft, dass niemand fragt, was los ist. Denn er kann nicht antworten. Auch nicht nach fünf Bieren. Wenn überhaupt, dann braucht er dafür noch mindestens das Dreifache. Also hört er ihnen einfach zu. Wie der dicken Ina, die ihre Teenager-Akne einfach bis Ende zwanzig behalten hat und jede Woche so stümperhaft überschminkt, dass es bisweilen wie eine Protestbewegung gegen alles Schöne anmutet. Sie wird von allen auch so genannt: dicke Ina. Irgendwann mal war sie zwischen dem Kickertisch und der Wand eingeklemmt und fing tierisch an zu schreien, als sich die Griffe in ihren fetten Wanst bohrten und riesige dunkelblaue Flecken hinterließen. Als sie mit drei Mann das Ding wieder von ihr wegzogen, da knallte sie dem Erstbesten eine mit der flachen Hand, so fest, dass der nur noch Sterne sah, und alle lachten. Und dieser Erstbeste war Alex, der sich eine Stunde am Stück die Zähne putzen kann und trotzdem zum Weglaufen aus dem Mund stinkt, weil es vom Magen kommt, und für einen Moment dachten alle, den kleinen

Stinker würde sie jetzt zermalmen, einfach mal so, aber dann war ihr die Ohrfeige so peinlich, dass sie anfing zu heulen. Ausgerechnet der Geschlagene nahm sie in den Arm, er konnte sie gar nicht ganz umfassen, weil er nicht nur hager ist, sondern auch winzig klein. Im nächsten Moment schrammelten die ersten Akkorde von *The Passenger* los, und Ina schleifte Alex auf die Fläche, der hatte noch nie in seinem Leben getanzt, schon gar nicht zu diesem Song, sondern immer nur rumgestanden, aber in den nächsten Minuten gab Alex alles.

Wenn Ina und Alex und all die anderen am nächsten Morgen mit dicken Augen beim Frühstück sitzen oder im Büro oder im Betrieb, dann glauben sie oft, dass sie jetzt wieder im wahren Leben hocken. Aber das wahre Leben spielt da unten, in dem alten Fachwerkhaus. Da schreibt es seine Geschichten.

Ina hat ihre schon unendlich oft erzählt, und alle wissen das, und alle wollen sie immer wieder hören. Sie wissen, was sie immer am Ende sagt, wenn sie zu Alex rüberblickt, mit dem sie niemals richtig zusammen sein wird, weil es gut ist, wie es jetzt ist: „Seitdem“, sagt sie, „gehen wir zwei durch dick und dünn.“ Und Alex lächelt. So wie jetzt, als er mit einem halben Meter Abstand zu den anderen geht, bewusst von ihnen weg atmet, und Ina längst angefangen hat zu schwitzen und die Schweißperlen auf ihrer Stirn die Stümperschminke schon gekillt haben werden, bevor sie überhaupt im Zug sitzen. Alex und Ina haben nicht viel. Aber irgendwie einander.

Als sie den Bahnhof erreichen, werden dort aus fünf Leuten zwanzig. Sie stehen an Gleis neun und warten auf ihren

Exit-Sonderzug, die bergische Zeitlupenbahn, die man jedes Mal anschieben möchte, wenn sie sich wie eine metallene Greisin über die Gleise quält, und die eigentlich schon längst ins Museum gehört. Aber sie lieben sie, weil sie seit Jahren in ihr bis zur Brücke fahren, bis in jene Einöde mit dem Namen Schaberg, weil sie die weichen blauen Sitze mögen und die wackeligen Stufen und sogar das ewige Quietschen, das die rostende Alte bei jeder Bewegung von sich gibt.

Da stehen jene am Bahnsteig, die allen zeigen, was sie sind, die Punks und Dark Waver und Metaller, knallrote Irokesen treffen auf blasse Schwarzhaarige in dunklen Kutten treffen auf Lederjackenträger mit langen Mähnen und Bärten treffen auf Jeansmenschen im Karohemd. Jeder kennt irgendwie jeden, fühlt sich ihm verbunden, erst recht heute Nacht.

Becky

Sie hat noch einen zweiten Kaffee gebraucht. Drinnen läuft *Scar Tissue* von den Red Hot Chili Peppers. Sie hasst es eigentlich, wenn geniale Songs schon begonnen haben und sie ist noch nicht drin. Sie kann dann nicht einfach auf die Fläche gehen, es ist wie bei Woody Allen im *Stadtneurotiker*, der kann sich auch keinen Film anschauen, wenn der Vorspann schon läuft: Da hat man ja was verpasst. Und die ganze Zeit über macht man sich nur noch darüber Gedanken, etwas verpasst zu haben. Als John Frusciante gerade zum ersten Solo ansetzt, tritt sie endlich in den Laden ein und fragt sich, was sie schon alles verpasst hat in ihrem Leben. Und was sie besser hätte verpassen sollen.

Die graue Türe schleift schwerfällig zurück ins Schloss. Inzwischen sind schon zig Leute drin, es füllt sich schneller, als sie es erwartet hatte, und die Blödmänner, die vorhin als Allererste vor ihr reingekommen sind, zwei Pärchen, hängen bei Susann an der Bar herum und sehen so aus, als hätten sie sich verlaufen. Sie wirken viel zu bunt für das hier, einer trinkt Wasser, einer Cola, zwei setzen auf Bier, es ist kein Flens, das ist ihr schon mal gleich suspekt. Sie werden gleich ihre Anstandsstunde abgesessen haben und abhauen in ihre Plastikwelt, da ist sie sicher.

Die beiden Pärchen nicken ihr sogar zu, sie schickt ihnen nur einen gleichgültigen Blick über die Schulter. Susann lächelt freundlich, sie sieht krank und blass aus, und für einen gemeinen Moment ist Becky froh, dass sie nicht die Einzige ist, mit der hier anscheinend was nicht stimmt.

Sie tritt an einen der Stehtische an der Tanzfläche und schaut sich um. Oben entdeckt sie Vossi, wie er stoisch neben Uwe hinter dem DJ-Pult steht und keine Miene verzieht. Dann die beiden Kicker rechts in der Ecke, und sie stellt sich vor, wie die gleich umlagert sein werden. Und diese ausgesessenen Sofaparodien oben rechts auf dem Podest und wie dort nachher noch einmal Beziehungen beginnen und enden werden. Die große Bar und wie dort ein letztes Mal Getränkechips getauscht und Flens-Flaschen aufploppen werden. Die rotbraunen Fliesen der Tanzfläche und wie viele dort in dieser Nacht noch einmal zu Hause sein werden. Den schwarzen Filzboden und wie er, jetzt immerhin noch halbwegs sauber, nachher so versifft sein wird, dass jeder, dem seine Kippe runterfällt (und es werden einige sein), sie lieber zertritt, als sie von dort noch einmal aufzuheben. Sie versucht, die Bilder festzuhalten. Sie zu konservieren. Ein Lächeln huscht ihr übers Gesicht, aber der kleine Kobold in ihrem Kopf killt es mit messerscharfer Klinge: Morgen, Becky, ist all das Vergangenheit, zischt er ihr ins Ohr, da kannst du so oft irgendwo gegenklopfen und mit dem Kopf knacken, wie du willst. Noch ein paar Stunden und dann ist Ende.

Sie schließt die Augen, ihr Hals wird eng. Sie will diesen Gedanken nicht haben. Sie will das nicht denken. Genau deswegen muss sie. Sie denkt den Satz genau zweiunddreißig Mal und spürt, wie ihre Hände anfangen zu zittern.

Sie rennt aufs Klo.

Sie klatscht sich Wasser ins Gesicht, trocknet es ab, nimmt genau sechzehn Tücher dafür, der Eimer ist jetzt schon voll, sie schaut sich im Spiegel an.

„Wer bist du eigentlich?"

Dumpf beginnen draußen die ersten Takte von *Down with the sickness*, den wird er später noch einmal spielen. Es gibt Songs, die gehen immer, der hier ist so einer.

Ihr Spiegelbild: ein blasses, schmales Gesicht mit großen, dunklen Augen hinter einer billigen Brille. Die kurzen schwarzen Haare hat sie irgendwie angeklatscht, sie weiß nicht mal, ob sie das schön finden soll. Ob sie sich überhaupt schön finden soll in ihrem engen, schwarzen Oberteil, in der schwarzen Hose, immer dieses ganze Schwarz. Sie betrachtet ihre Arme und die Bilder darauf.

Wer bist du? Bist du der Engel auf deinem linken Oberarm? Oder das Teufelsgesicht auf deinem rechten Schulterblatt? Oder bist du die große Madonna, die du auf deinem Rücken versteckst? Bist du all das auf einmal?

Draußen schreit es *„changes!“* durch die Boxen, und sie merkt plötzlich, wie ihr Fuß wippt. Wie er damit einfach so angefangen hat. Ihr Kopf stimmt mit ein, ein Feuer tritt in ihre Augen, ein trotziges Lächeln umspielt ihre Lippen. „Ach, scheiß doch drauf!“

Irgendwann wird der Knacks in ihrem Kopf kommen, es braucht nur den richtigen Song, den richtigen Start, danach wird alles leichter sein.

Sie steht vor der Songwunschliste. Uwe macht DJ-Pause, nur minimal bewegt sich sein Kopf zum Rhythmus. Der Schimmer in seinen Augen kündigt Abschied an.

Sie geht zu ihm und schnappt sich den Stift.

„Du hast die Wahl“, ruft er ihr zu, sie lächelt ihn nur an.

„Alles klar bei dir?“, legt er nach und sie nickt.

„Selbst?“ Auch ein Nicken. Sie schreibt zwei Songs auf, wobei sie bei beiden den letzten Buchstaben sechzehnmal nachzeichnen muss, sie schauen nun aus wie dicke Fliegenschisse, sie streicht es durch und schreibt es neu daneben, schreibt viermal drüber, Uwe bemerkt es nicht, Vossi dagegen schon, obwohl er auflegt, aber er schweigt. Sie selbst ist gar nicht mal so unzufrieden: Immerhin hat sie es ohne Zwänge vom Klo bis hierhin geschafft.

Sie wagt eine Runde durch den Laden.

Als er einen Stoß von hinten abkriegt, kippt er fast vornüber. Becky, die große Schlaksige, die scheinbar nur dieses eine schwarze Lack-Oberteil im Schrank hat, das sie hier jede Woche ausführt, ist wohl gestolpert. Er hat sich irgendwann mal mit ihr unterhalten, aber nachdem sie ihm exakt viermal hintereinander dieselbe Geschichte mit exakt denselben Worten erzählt hatte, musste er sich leider Richtung Tanzfläche verabschieden. Seitdem beschränkt er sich auf ein Nicken, wenn er sie sieht.

„Schuldigung", ruft sie ihm jetzt zu, er sieht an ihren Lippen, dass sie es danach noch dreimal leise wiederholt, sie sieht dabei total gestresst aus, und er fragt sich, wie so ein Persönchen ihn so dermaßen anrumpeln konnte. Ein paar von der Schnauzclique kichern sich einen zurecht, auch welche von denen, die immer hier gewesen sind, viel öfter als Max oder Anne oder Paul oder Becky, eben immer. Sie tanzen zu den fürchterlichsten Liedern und sie tragen rotweiße Karohemden und auch im einundzwanzigsten Jahrhundert noch Schnäuzer. Bis auf Piet, den Ohne-Schnauz-Schnauz, der einfach immer dabeisteht, weil er sonst nirgendwo dabei sein darf.

Er kennt Piet noch von der Schule, aber bis zum Abi hat der es nicht ganz geschafft, ist dann Fleischer geworden, weil sein Vater das auch war, und Max schwört sich, niemals das zu machen, was sein Vater gemacht hat.

Er schaut sich die Schnauz-Leute an, die schon so alt aussehen, so fertig und zugleich so zufrieden mit sich, dass er sich fragt, ob er das jemals sein kann: mit etwas zufrieden, mit etwas fertig. Wenn er heute Nacht geht, wartet sicher keine Frau auf ihn, es wartet kein Kind, kein Haus, kein Job, keine Verantwortung. Am Montag wartet zwar ein Dozent in der Uni, aber der labert auch dann los, wenn Max nicht in Reihe siebzehn sitzt. Das ist dem so was von egal.

Für einen kurzen Moment fragt er sich, wer ihn überhaupt braucht. Wer ihn vermissen würde, wenn er heute Nacht nicht nach Hause käme. Und morgen auch nicht. Und in einem Monat immer noch nicht.

„Warum bist du nicht mit an die Bar gekommen? Hab dich schon vermisst!“ Paul ist wieder neben ihn getreten.

„Hab noch keinen Durst.“

„Quatsch. Hier, dein Kinderbier.“

Paul reicht ihm ein Desperados mit Zitrone und schaut auf die Tanzfläche. Sie ist gut gefüllt, und mittendrin tanzt natürlich Zippl. „Ich wette, der Zippl hat in den sieben Jahren, die ich nicht hier war, jeden Abend hier verbracht.“

„Wahrscheinlich steht der hier schon wackelnd auf der Tanzfläche, wenn Wolfgang die Türe aufmacht.“

Paul lacht dreckig. „Aber der ist schon in Ordnung, der Zippl.“

„Isser. Ich werde ihm auch heute wieder die Hand geben, wenn ich gleich draufgehe, wir werden auch heute wieder kein Wort wechseln, sondern einfach nur tanzen. Wie immer halt.“

Es dauert einen Augenblick, dann beginnt Paul mit dem Unvermeidlichen: „Was glaubst du? Ist Elli so eine, die man von vorneherein nur für eine Nacht gut findet oder bei der man sich zumindest einbildet, das könnte vielleicht was Richtiges werden?“

„La-la-la-la! Ich höre gar nicht zu! Was sagtest du gerade?“

„Nee, so mein ich das doch gar nicht. Nur jetzt mal so rein hypothetisch. Zum Beispiel die Kleine dahinten, die immer so tanzt, als wenn sie gerade Fischnetze einholt …“

„Tanja.“

„Du kennst die?“

„Ich war keine sieben Jahre weg.“

„Interessant. Und?“

„Seit vier Jahren solo, Placebo-Fan, zwei Kaninchen.“

„So was gibt's?“

„Natürlich. Und ich würde sagen, die ist so eine, da wäre ich mir gar nicht mal sicher. Die hat einen Blick drauf, der dir sagt: Pass auf, Junge, dir zeig ich gleich mal, wo's langgeht, aber wenn man sich mit der mal unterhält … hab mit der aber auch erst vielleicht zwei-, dreimal gequatscht. Würde ich jetzt nicht endgültig von meiner Liste streichen. Aber du kannst sie gerne auch auf deine setzen.“ Hauptsache, denkt er, du streichst Elli wieder runter. Und lässt sie unten.

Macht Paul aber nicht. Er setzt sie ganz oben auf die Liste: „Elli ist so eine, da glaube ich schon, dass dahinter echt was Nettes steckt. Also, nicht, dass ich die Tattoos und so nicht auch nett finden würde, aber, du weißt, was ich meine, oder?“

„Ich geh mir mal was wünschen.“

Er lässt Paul stehen, überlegt kurz, ob er ihm vielleicht den Hinweis hätte geben sollen, dass Elli nicht nur nicht auf ihn stehen dürfte, sondern längst auf einen anderen steht und dass das auch ganz gut funktioniert, jedenfalls, was er so gesehen hat. Aber er lässt es, geht zum DJ-Pult und schreibt drei Songs auf einmal auf. Er tritt herunter, da rempelt ihn Becky wieder an, ruft wieder „Schuldigung", wiederholt es dreimal leise, und er fragt sich plötzlich, ob sie ihn vielleicht heute Nacht genau viermal anrempeln wird, um sich dann ebenso häufig auf exakt dieselbe Weise zu entschuldigen.

Als er zu Paul zurückkehrt, starrt der schon wieder zur Theke.

„Was machst du da?"

„Ich schaue. Was dagegen?"

„Du hast doch eben schon aus der Nähe geschaut. Ich hab dir ja gesagt, dass sie mit Sicherheit da ist."

„Ich weiß. Und du hast auch gebeten und gebettelt, dass ich mitkomme. Aber jetzt steht sie halt da und hat wahrscheinlich keinen Plan mehr, wer ich bin, aber ich habe einen Plan, wer sie ist, und irgendwie fühlt sich das gerade ziemlich blöd an."

„Trink dir noch einen, geh tanzen, gleich wird es so voll sein, dass du sie sowieso gar nicht mehr siehst."

„Super. Und wenn ich nachher voll bin, sehe ich sie doch wieder und dann sogar gleich ein paar Mal, ja?"

Permanent öffnet sich vorne die Tür, sie strömen nur so herein, manche in Leder, manche in Kutten, mache im engen Top, manche in Jeans, alle mit einem ähnlichen Ausdruck im Gesicht. Er sieht, wie Uwe Vossi ablöst, Uwe setzt einen harten Schnitt und spielt *Losing my Religion*, auf der Tanzfläche rollen einige mit den Augen und verziehen sich. Den Song hat Max nicht aufgeschrieben, aber als Startsong taugt er allemal.

„Ich geh dann mal, bis gleich."

„Was? Zu dem Scheiß? Das kann doch kein Mensch mehr hören!"

„Doch. Ich."

Aber ihm passiert genau das, was ihm nach all den Jahren im Exit für die letzte Nacht vorbehalten ist: Er stürmt auf die Fläche – und ist allein. Denn offenbar können es neben Paul auch einige andere nicht mehr hören, und ihm fällt spontan Sandra ein, eine aus der Gruftiszene, mit der Paul mal für ein paar Wochen was hatte, weil er es spannend fand, mit einer aus der Gruftiszene was zu haben. Er erinnert sich, wie sie sagte: „Was machst du, wenn du draufgehst und dann bist du der Einzige? Läufst du weiter, als wolltest du nur deinen Weg zum Klo abkürzen? Oder suchst du dir einen, den du kennst, und tust so, als winke der dich gerade zu sich? Oder bist du mutig und bleibst einfach drauf, ganz egal, ob sie dich dumm anglotzen?"

Er schaut sich kurz um, dann hört er Michael Stipes Stimme und wie sie *That´s me in the corner* singt, und er beschließt, dass er mutig ist.

Zeitlupenbahn

Als das Zugfossil um kurz vor halb elf endlich eintrudelt, wird aus den zwanzig eine einzige große Masse aus Gesichtern und Stimmen, Figuren und Gerüchen, Geschichten und Erinnerungen. Sie machen sich die Sitze ganz hinten im Zug zu eigen, wie immer. Zwei haben Bier dabei, viel Bier, und sie lassen die Flaschen herumgehen, und als jeder eine bekommen hat, spricht einer einen Toast aus, er heißt Dirk oder vielleicht auch Volki oder vielleicht auch Bernd.

Der groß gewachsene Mann mit beginnendem Schmerbauch, der sich auf den langen Weg von der Zugführerkabine nach hinten macht, hat heute seinen dritten Arbeitstag im alten Müngstener. Er ist Ende fünfzig, seine Frau hat gerade zu Hause zugesehen, wie ein blonder Mann im Ersten eine Gruppe von Leuten in Trachtensachen ankündigt, und da möchte er jetzt eigentlich auch gerne sein, zu Hause. Aber stattdessen muss er hier Nachtschicht schieben in dieser Parodie von einem Zug. Wie kann man nur so was auf die Gleise lassen? Das kennt er aber anders. Der Abend schien so wunderbar ruhig zu enden, keine halbe Stunde mehr bis Dienstschluss, und dann steigt da diese Horde ein und jetzt hockt die hier grölend rum, das ist ja wohl das Allerletzte.

„Bleiben Sie locker", hat ihm der Zugführer noch nachgerufen, „die sind harmlos, die wollen nur ins Exit. Da fahren die ein paar Mal die Woche hin, aber nach heute Nacht ist ja zum Glück Feierabend, dann machen die da unten endlich zu."

„Danke, ich komme schon zurecht."

Er erreicht ihr Abteil.

„Für alle und keinen!"

„Sind wir mit uns im Reinen!"

„Seid ihr bescheuert? So ´n Schrott will ich nicht hören!"

„Ist kein Schrott!"

„Ich hab aber keinen Bock auf die!"

„Ich auch nicht!“

„Ob du’s willst oder nicht: Auch das werden sie heute Nacht spielen.“

„Werden sie nicht!“

„Und sonst, alles klar bei dir?“

„Wie immer. Passt schon. Wobei: Nach heute Nacht, keine Ahnung.“

„Ja, blöd, oder? Aber da war ja auch kaum mehr einer drin in den letzten Monaten. Außer dir wahrscheinlich.“

„Guten Abend, die Fahrkarten bitte.“

„Nee, stimmt, da ging gar nicht mehr viel, und ich war bis zuletzt echt immer noch ein paar Mal die Woche da.“

„Ich ja dann nur noch freitags. Unter der Woche ging nicht, ich hab jetzt einen neuen Job, ein paar Angestellte, da ist unter der Woche nix mehr mit rocken. Und du?“

„Entschuldigung? Bitte die Fahrkarten.“

„Hier.“

„Danke. Und Ihre?“

„Ich fahr bei dem da mit.“

„Das geht aber nicht.“

„Klar geht das. Was hasse gesacht? Ach so, nee, ich bin ja schon länger arbeitslos. Hab eigentlich Installateur gelernt, aber im Moment tut sich da echt nix.“

„Sie können nicht bei Ihrem Bekannten mitfahren. Der Tarif schreibt vor …“

„Was? Mann, wir unterhalten uns hier. Is auch nich mein Bekannter, is mein Freund. Geben Sie mir die mir mal, die Fahrkarte … hä? Natürlich geht das! Hier, ab 21 Uhr am Wochenende kann da einer mit. Die drei da fahren auch bei ihm mit. Macht fünf, passt.“

„Nein, passt nicht, denn diese Fahrkarte ist abgelaufen, junger Mann. So kommen wir ja wohl nicht weiter. Ich bin gleich wieder bei Ihnen. So, jetzt erst mal hier: Guten Abend! Kann ich denn bitte Ihre Fahrkarte mal sehen?"

„Nö."

„Wie bitte? Was heißt hier nö?"

„Ja, nö halt. Kennen Se nö nicht?"

„Also jetzt hörn Se mal: Wenn Sie mich hier veräppeln wollen … ich kann Sie auch aus dem Zug setzen."

„Hallo? Jetzt mal immer ruhig bleiben, ja?"

„Mischen Sie sich da mal nicht ein, zu Ihnen und Ihrer abgelaufenen Fahrkarte komme ich gleich wieder zurück, keine Sorge."

„Mach ich mir nich. Willse 'n Bier?"

„Bitte, was? Was ist das denn für eine Unverschämtheit? Ich bin im Dienst."

„Wir auch."

„Hallo? Herr Schaffner? Also ich habe hier eine Tagesfahrkarte, da passen locker zwanzig Mann drauf!"

„Auf meine vierzig!"

„Auf meine sechzig!"

„So, jetzt langt's mir aber! Ich rufe jetzt den Zugführer, der stoppt den Zug sofort und dann könnt ihr zu Fuß in eure Disco da laufen."

„Exit. Einfach Exit. Reicht völlig."

„Ist mir auch egal, wie der Laden heißt. Wie ihr überhaupt ausseht, das langt mir ja schon wieder völlig. Solche wie euch hatte ich schon x-mal vor mir, das glaubt ma."

Plötzlich ist Peter wieder da. Mittendrin. Einer von ihnen. Er steht auf, legt dem Schaffner die Hand auf die Schulter, wirft einen kurzen Blick auf das Namensschild, vierzig Augenpaare folgen ihm, und der Schaffner wird blass und rührt sich nicht: „Mensch Heinz, jetzt bleib doch mal locker. Mal so unter uns Freunden hier: Du bist ja scheinbar neu im Geschäft, ich hab dich hier in dem Zug jedenfalls noch nie gesehen. Also: Wir fahren seit Jahren ein paar Mal jede Woche da rüber. Und wir haben auch nicht immer dafür bezahlt … ach, jetzt hört doch mal auf zu lachen, Leute, ist doch so …! Na egal, jedenfalls, heute Nacht macht der Laden noch einmal auf. Verstehste? Ein einziges Mal noch. Und dann ist da Feierabend. Und einige von uns können sich das im Moment noch überhaupt nicht vorstellen. Ich weiß, du bist schon ein bisschen älter als wir und wahrscheinlich hörst du lieber Semoni Rossi oder wieder der heißt, aber für uns ist der Laden da unter der Müngstener Brücke so was wie …"

„Wie ein Jugendtreff?"

„Heinz, nenn es von mir aus Jugendtreff. Nenn es Schuppen oder Absteige oder Kneipe oder Pinte oder von mir aus auch Disco. Aber lass uns bitte dahin."

Applaus brandet auf. Sie klatschen, jubeln, johlen. „Peter, du bist der König!", ruft einer, „Peter for President!", grölt ein Zweiter, „Peter in die Fahrgäste-Gewerkschaft!", fordert ein Dritter und leert sein Bier.

Der Schaffner nickt so wie einer, der einsieht, dass es nun besser ist zu gehen. Unzufrieden, resigniert, aber auch mit der Erkenntnis, dass es das jetzt einfach gewesen ist.

Als er seinen Fahrgästen „Dann noch einen schönen Abend" wünscht und sich umdreht, brandet noch einmal Applaus auf: „Heinz, Heinz, Heinz, Heinz!!!"

Als sich die Stimmen wieder im Strudel der Geschichten verlieren, marschiert Heinz nachdenklich zurück nach vorne und denkt an eine Zeit zurück, die schon nicht mehr wahr scheint, weil sie so lange vergangen ist, jene Zeit, in der auch er mal mit einer Bierflasche in einem Zug gesessen hat. Als er vorne beim Fahrer ankommt und der ihn fragt, wie es denn gewesen sei, da antwortet er nur: „Ach, kein Problem, wie Sie schon sagten. Wirklich, nette Leute sind das."

Guido und Silke

Als die Wupper eine letzte Biegung macht und wie aus dem Nichts plötzlich das Exit am rechten Ufer erscheint, stockt ihr der Atem. Sie schaut nur auf die Fenster im ersten Stock, dahin, wo jetzt Witold und der Dicke wohnen, aber das weiß sie nicht, sie weiß nur von der Zeit, als da oben niemand wohnte, als dort gearbeitet wurde, und das verdammt hart.

Sie schreit Sam an: „Halt an!"

„Was? Nee, nee, da vorne ist es doch erst."

„Ich weiß, halt trotzdem an. Ich muss hier raus."

„Schatz? Was ist denn auf einmal los?"

„Mir ist schlecht. Ich vertrag das Zeug nicht mehr."

„Dann kotz doch ins Wasser."

„Sam, halt jetzt mal den Mund."

„Stimmt doch, wie soll ich denn hier anhalten? Siehst du hier was Flaches? Da sind doch nur Felsen am Rand."

„Halt jetzt sofort an, verdammt noch mal!", schreit sie.

Sie springt auf, das ganze Boot wackelt, sie gerät ins Stolpern, hält sich so eben auf den Beinen.

„Setz dich hin, Silke, du bringst das Ding hier noch so weit, dass wir alle drin landen."

In diesem Moment verliert sie das Gleichgewicht und kreiert damit eine Szene, die Guido nie mehr löschen kann, und er kann sie auch nicht rausschneiden, und diesmal schaut er auch noch hin. Sie fällt zur Seite, genau in den Schoß von Klaus, der hält sie. Aber er hält sie nicht so, wie einer jemanden hält, den er gerade erst das erste Mal im Leben getroffen hat. Nicht so, wie jemanden, der plötzlich vor einem stolpert und den man einfach nur daran hindern will, sich beide Knie aufzuschlagen. Nein, Klaus macht mehr. Er macht zu viel. Er hält sie so, wie Grönemeyer *Halt mich* singt. Sein Gesicht verrät es. Es verrät alles. Es kündet von einer Vertrautheit, einer Innigkeit, die überhaupt gar nicht sein kann.

Sam sieht es mit an, schweigend. Das Boot gleitet irgendwie dahin, es ist ihm egal, ihm ist gerade alles egal, er möchte am liebsten reinspringen. Aber das muss er nicht. Denn Guido stürzt sich auf Klaus und schiebt ihn zur Seite, zieht Silke von ihm weg, das Boot gerät in Wallung, sie verlieren das Gleichgewicht und stürzen schreiend in die Wupper.

„Guido! Silke! Mann, tu was!"

Aber Klaus sitzt wie festgewachsen da und starrt aufs Wasser.

Sie sind kaum untergetaucht und sofort wieder da, Sam zieht erst sie wieder ins Boot, dann ihn, beinahe purzeln sie dabei alle drei wieder rein, aber sie halten sich so eben.

Klaus hockt immer noch da und sagt kein Wort.

Als das Boot von alleine ans Ufer treibt und ein paar Meter unterhalb des Exit liegen bleibt, sieht Witold, der seine schwarze Exitjacke auch durch diese letzte Nacht trägt, gerade mal draußen nach dem Rechten. Er hat eine Menge Gestalten hier kommen und gehen sehen. Aber noch keine, die, zum Teil triefend, in einem Boot in der Wupper hocken und gerade bei ihm anlegen wollen.

„Sach ma, seid ihr total bekloppt?", ruft er den zwei nassen und den zwei trockenen Gestalten zu. „Wart ma, ich hol was, ich helf euch."

Während er zurückläuft, zieht Sam das Boot komplett ans Ufer. Darin drei Schweigende, zwei von ihnen nass und bibbernd.

„Was ist? Wollt ihr da jetzt so sitzen bleiben und auf morgen warten? Oder wie?"

„Ich geh da nicht rein", sagt Silke nur leise.

Guido starrt Klaus an, der immer noch wie eine Salzsäule in einer Ecke des Bootes kauert. „Was war das da eben, Klaus? Wie darf ich das verstehen?"

Aber Klaus schüttelt nur den Kopf, er wird nächsten Monat fünfzig und sieht so hilflos aus wie ein kleiner Junge, der gerade ziemlich großen Unsinn gemacht hat.

„Antworte, Klaus, ich bin doch nicht blöd." Dann, zu Silke: „Oder hast du eine Erklärung? Vielleicht auch für den Aufstand, den du da eben veranstaltet hast, bevor wir beide baden gegangen sind? Du kennst den Laden doch gar nicht, also warum machst du auf einmal so ein Theater?"

Plötzlich springt Silke pitschnass aus dem Boot, rennt die

Wiese hinauf, vorbei an Witold, der wacker mit seinen drei Winterschlafdecken auf dem Arm angerannt kommt, er schaut ihr verständnislos nach, aber ihr Weg ist kurz. Sie kommt genau dort zu Fall, wo es richtig weh tut, da, wo der staubige Kiesweg beginnt, und sie reißt sich die Handflächen auf, als sie in ihren nassen Klamotten jammernd und ächzend zu Boden geht.

Sie bleibt liegen, dreht den Kopf hin zum alten Schieferhaus, ihre Augen fixieren das Fenster im ersten Stock, gleich über der Tür, da, wo der Dicke den ganzen Tag lang auf seine Orgel einprügelt, aber davon weiß sie nichts. Damals gab es den Dicken hier noch nicht, aber sie. Sie war Anfang zwanzig und irgendwann in den falschen Zug gestiegen. Er hatte hier gehalten und sie ausgespuckt. Sie bekam den Raum mit dem Fenster über der Tür. Und Klaus bekam sie. Wann immer er wollte.

Becky

Sie braucht wieder zu lange für den ersten Song. Andere tanzen schon, zu Songs, die sie auch gut findet, aber eben nicht gut genug. Wenn sie da jetzt einfach so draufgeht, dann passiert was, dann stolpert sie und legt sich lang, und das wäre sogar noch das geringste Übel. Vielleicht fällt ihr auch eine Box auf den Kopf oder der ganze Laden brennt ab, oder, oder, oder … irgendwas wird auf jeden Fall passieren. Sie braucht den PERFEKTEN Song für den ersten Tanz, den, bei dem sie nicht mehr länger stehen bleiben DARF.

Leute kommen, winken ihr zu, viele kennen sie hier, manche haben auch schon was mitbekommen von ihren Seltsamkeiten, die winken dann oft nicht mehr oder sagen nur aus der Ferne Hallo.

Irgendwann taucht Tine hinter ihr auf, der sind ihre Seltsamkeiten egal, weil sie selber genug davon hat, nur andere.

Sie quatschen fast immer über dieselben Dinge, oft über Musik, und ob sie denn dieses Album schon hätte oder jenes, und der neue Song von dem und dem sei ja wohl der größte Scheißdreck ever, sie sieht das oft anders, sie hört sich den Scheißdreck auch gerne mal an. Und sie steht auch oft auf Männer, die Tine widerlich findet, und wenn sie mal wieder so einen hat, für ein paar Wochen, dann ist mit Tine in der Regel Funkstille. Sie treffen sich dann irgendwann hier unten wieder, wenn Becky den Typen ganz weit weggejagt hat und Tine sagen kann: „Siehste, war doch klar."

Sie spürt, wie die Zwänge etwas nachlassen, das macht das Bier, das machen die Songs, auch wenn der Starter noch nicht dabei war, und das macht auch die sinnlose Quatscherei mit Tine. Da geht es einfach hin und her und hin, da wird gelabert ohne Verstand, und genau das braucht sie jetzt, um nicht dauernd alles ordnen zu müssen, um nicht alles zählen zu müssen, um nicht sechzehnmal ihr Feuerzeug aus der Hose holen, es wieder reinstecken und wieder rausholen zu müssen, bis sie sich und Tine endlich eine anzünden kann. Ab und an passiert es, Tine kennt das und wartet dann immer ganz geduldig ab, andere, die das sehen, drehen sich weg und halten Becky für eine Irre.

Wenn sie ganz allein ist, passiert es eigentlich immer.

Dann stürzt alles auf sie ein, und sie denkt jetzt ganz kurz an den Tag morgen, wenn hier für immer zu ist, wenn ihre letzten dreizehn Jahre hier einfach begraben werden. Sie wird ins Shadow gehen oder ins Deja oder in den Pavillon, vielleicht ins Get oder in den Butan-Club, es gibt genug Läden, wo genug gute Startersongs gespielt werden. Aber es wird anders sein.

Guido und Silke

Witold ist jetzt bei ihr, er hilft ihr auf die Beine, und sie wehrt sich nicht. Sie lässt es einfach geschehen, starrt auf ihre blutigen Hände, fängt an zu weinen, da sieht sie aus dem Augenwinkel, wie Guido auf sie zurennt, und sie lässt sich in seine Arme fallen. Klaus und Sam tauchen auf, Sam redet, und Klaus schweigt, Sam gestikuliert, und Klaus verzieht keine Miene, und als sie die anderen erreichen, da bleibt Sam stehen und Klaus geht einfach weiter, er wird verschwinden wie ein Phantom in der Nacht. Sam hat seine Rolle einfach rausgestrichen, mitten im Film, denn das ist das Einzige, was sie retten kann.

„Kommt am besten mal mit zu mir nach oben, da wärmt ihr euch dann erst mal auf. Was zum Anziehen finden wir da auch." Witold führt die beiden zur Türe, Silke hat längst resigniert.

„Was 'n das?", fragt Wolfgang, als sie reinkommen.

„Sind inne Wupper gefallen."

„Was?"

„Mit 'm Schlauchboot gekommen."

„Was? Leute, ihr seid doch so alt wie ich. Was macht ’n ihr für’n Quatsch?“ Dass es nicht der letzte Quatsch ist, den Leute in dieser Nacht machen, ahnt Wolfgang jetzt noch nicht. Als er und Vossi in Silkes völlig aufgelöstes Gesicht schauen, wissen sie nicht, wohin sie sie sortieren sollen. Sie glauben, dieses Gesicht zu kennen, vielleicht von einem Foto, vielleicht von einem flüchtigen Treffen, aber Silkes Augen geben keine Antworten, sondern werfen nur Fragen auf.

Immerhin: Witolds Wohnung ist nicht die mit dem Fenster über der Türe, sondern die mit Blick auf den Fluss, in den sie eben gefallen ist. Silke schließt die Augen und schüttelt so unmerklich den Kopf, dass keiner merkt, welche Überwindung es sie trotzdem kostet, da jetzt reinzugehen, denn auch dort wurde früher nicht gewohnt, sondern gearbeitet. Aber sie geht.

Schweigend ziehen Guido und Silke sich um, Witold hat seinen halben Schrank durchwühlt, und im Gegensatz zu Guido sieht Silke in seinen Klamotten sogar einigermaßen gut aus.

Als Witold ihnen Kaffee macht, ihnen erklärt, was es mit den seltsamen Klängen aus der Nachbarwohnung auf sich hat, und Guido noch mal zum Klo geht, bleiben Sam nur wenige Augenblicke.

Er schaut sie mit festem Blick an. „Sag ihm nichts.“

„Spinnst du? Der weiß es doch längst.“

„Ach ja? Was denn? Dass du nicht in den Laden willst und mal irgendwas mit Klaus war. Und mehr auch nicht. Ich verspreche dir jetzt was: Ich sorge dafür, dass Klaus nie wieder in euer Leben tritt.“

„Ach, und wie? Willst du ihn umbringen, oder was?"

„Unsinn. Meine Sache. Sag Guido einfach, der Kerl habe dich hier mal ganz übel angemacht, vor Jahren, und dass du ihm eine gelangt hast und er dann handgreiflich wurde oder so. Aber sag ihm nicht, was hier wirklich war. Tu es nicht."

Sie lächelt bitter und schaut aus dem Fenster in die Nacht hinaus. „Woher weißt du es?"

„Wir haben über unsere tollen Pufferfahrungen gequatscht, kurz bevor ihr kamt. Und er hat mir erzählt, dass er immer bei ein und derselben war. Die muss wohl toll gewesen sein."

„Gewesen sein?"

Sam lacht verlegen und verstummt.

Witold hört, dass sie aufgehört haben zu reden. „Alles klar bei euch da hinten?"

„Ja. Was macht der Kaffee? Könnt ich jetzt gut brauchen."

„Kommt prompt."

Sam setzt wieder an. „Weißt du, was vor fünfundzwanzig Jahren oder wann war, interessiert mich offen gesagt nicht ein Stück. Aber als ihr euch da vorhin angeschaut habt, du und der Klaus, da wusste ich es, ich wusste es sofort. Aber für Guido ist das so unvorstellbar, so weit weg, lass es. Behalt es bei dir, versteck es wieder irgendwo ganz tief da unten drin, wo Klaus es heute hervorgeholt hat."

„Ich weiß nicht, ob ich das kann."

„Versuch es. Bitte."

Mit versteinertem Gesicht kommt Guido ins Wohnzimmer.

Peter

Der Waldboden ist noch feucht vom Regen der letzten Tage. Sie werden sich in der tiefen Matsche ihre Schuhe versauen, ihre Hosen, ihre Oberteile, aber auch das gehört dazu. Sie verlassen den Bahnhof und marschieren in die Dunkelheit des Waldweges hinein. Runter ins Tal der Wupper.

Sie sind kaum ein paar Schritte gegangen, da schreit es einer in die Nacht hinein: „Downhill!!!"

Sie rasen los, alle, verlassen den Weg und rennen einfach bergab durch den Wald, ratschen sich an den tiefstehenden Ästen die Arme auf, knallen gegen Stämme, stolpern über Wurzeln.

Ächzend fällt der Erste hin und kugelt die nächsten Meter durch die nasse Blätterpampe, von rechts kreischt eine weibliche Stimme vor Schmerz, von hinten flucht ein Metaller, der über einen umgestürzten Baum gepurzelt ist, und ganz vorne ist einer einfach blind losgerast, er hält sich wacker und wühlt mit schnellen Schritten das Laub auf.

Peter rennt mit, noch einmal mit durch diesen Wahnsinn, wie oft hat er das schon gemacht, wie oft ist er hingefallen, hat sich die Hand geprellt, das Knie aufgeschlagen, und die kleine Narbe über der linken Augenbraue, na, woher die wohl stammt? Und zweimal ist er den verdammten Berg sogar am Ende wieder ganz hochgerannt, mitten in der Nacht, hundert Höhenmeter in fünf Minuten, bis die Muskeln brannten wie Feuer und zweieinhalb Promille plötzlich wie weggewischt waren, denn der Schmerz in den Beinen erstickte alles andere wie ein Kissen aus Feuer.

Peter lauscht ihren Schritten, ihrem Atmen, ihren Rufen

und denkt: Sie werden alle ankommen auf ihrem Weg nach unten.

Manche laufen, andere gehen, wieder andere rollen, sie fluchen, schreien, lachen, ja, vor allem lachen sie, über diese wunderbare Sinnlosigkeit.

Das Lachen verebbt, als sie unten ankommen.

Als sie plötzlich alle vor dem alten Schieferhaus stehen, das bald von seltsam künstlich aussehenden, grünen Auen umgeben sein wird. Und das dann nicht in das sterile Gebilde passen wird, das man diesem Tal hier einpflanzt. Alles Wilde unter der Brücke wird bald verschwunden sein.

Tom nimmt Britt in den Arm. Die dicke Ina klammert sich an den hageren Alex. Niemand hält Peter fest. Er steht ganz vorne, legt die Hände hinter den Kopf, und als ihm plötzlich die Tränen kommen, da blinzelt er sie weg und dreht den Kopf zur Seite und windet sich und hofft, dass sie es nicht sehen. Er atmet tief und dreht sich um: „Also, was ist? Gehen wir da jetzt rein, oder was?"

Guido und Silke

Silke versucht es. Sie trinken Witolds Kaffee, der so stark ist, dass man damit den toten Eber Paul aus seinem Schweinegrab hinter dem Haus holen kann.

Sie erzählt ihm die Lüge vom einzigen Abend, den sie jemals in diesem verdammten Laden hier verbracht hat, als eine Freundin, die schon vor Jahren weggezogen ist, sie überredet hat, da doch mal mit hinzugehen, und sie gedacht hat, mein Gott, warum nicht, aber dann sei ihr die Musik an jenem Abend doch zu hart gewesen. Sie wollte schon wieder gehen, da lernte sie Klaus kennen, sie unterhielten sich, aber Klaus trank und trank und fing an, sie zu befingern, und sie wehrte sich, und dann eskalierte es.

Guido glaubt es. „Warum hast du denn nicht gleich was gesagt vorhin? Wir hätten doch gar nicht erst …“

„Ich wollte dir den Abend nicht versauen. Unseren Abend. Es sollte doch eigentlich alles ziemlich geil werden heute, oder?“

„Ja, war mal so gedacht.“

„Wieso? Kann doch noch werden“, schaltet sich Witold ein, „wir machen bestimmt noch bis sechs Uhr auf heute Nacht.“

„Sag mal, so was wie uns hattest du doch hier auch noch nicht in deiner Bude, oder?“

„Du bist der Guido, stimmt's? Hör mal, Guido, was meinst denn du, was ich in dieser Bude schon für Leute hocken hatte. Da seid ihr ja Schlümpfe gegen. Und jetzt geht rocken, ihr Säcke.“

Eine halbe Stunde später steht Silke vorm DJ-Pult und schreibt *Smoke on the Water* auf den Wunschzettel, der schon ziemlich vollgekritzelt ist. Manche Buchstaben sehen aus wie fette Fliegenschisse.

Zwei Songs später legen Deep Purple los.

Sie lacht Guido herausfordernd an. Die alte Silke ist zurück: die langen roten Haare, die sie über ihre Schultern wirft, der volle Mund, die Katzenaugen und das Lächeln, ja, vor allem das Lächeln.

„Na los."

Sie zieht ihn hinter sich her auf die Tanzfläche, und als sie ihm dabei zuschaut, wie er einfach nur abgeht, und als sie seine Blicke auf sich spürt und seine Berührungen fühlt, wenn er sie zu sich hinzieht und sie küsst, da schwört sie sich, niemals wieder in eine Szene zu geraten, die man danach am liebsten rausschneiden möchte.

Dafür ist ihr Film mit ihm viel zu gut.

Teil 2
Nothing else matters

Sie sitzt auf dem Klo und muss gar nicht und glaubt aber, sie müsse, und verbringt dort eine Viertelstunde, während sich neben ihr eine die Seele aus dem Leib kotzt und sie fragt, „Hey, alles klar bei dir?“ und Susanns schwache Stimme hechelt: „Geht schon.“ Und da fällt ihr wieder ein, dass Susann ja krank war, und Becky hofft, dass sie keinen Rückfall hat oder so was.

Während sie da so sitzt, laufen drei Startersongs, und sie denkt: Säße ich jetzt nicht hier, könnte ich tanzen, also muss sie sitzen bleiben. Das schreibt ihr der kranke Teil in ihrem Hirn so vor. Weil sie Angst hat, dass jetzt gar kein guter Startersong mehr kommt, muss sie achtmal abspülen und neben ihr fragt eine andere „Hey, alles klar bei dir?“ und sie hechelt ein „Geht schon, Tine“ zurück und Tine begreift, dass es Becky ist, und beide lachen.

Draußen geht ein Song zu Ende, Tine öffnet plötzlich einfach ihre Tür und da erst merkt Becky, dass sie gar nicht abgeschlossen hat, aber Tine lässt ihr keine Chance, da jetzt auch noch drüber nachzudenken, sie zieht sie mit sich zurück in den Laden, vorbei an der Dartscheibe, vorbei an allen anderen, einfach auf die Tanzfläche. Sie verbietet ihr die verdammte Warterei auf den perfekten Augenblick einfach, weil der eh nicht kommt.

Als sie mitten draufstehen und Vossi ihnen Nightwish gibt, da lächelt sie. Vielleicht gibt es den perfekten Moment ja doch. Andere stürmen davon, wieder andere stürmen drauf, wie immer, sie fängt einfach an zu tanzen. Das sieht extrem aus, aber wenn Tarja Turunen singt und sie dazu abgehen darf, dann muss sie nicht zählen und nicht denken und dann will sie nie wieder hier weg.

Susann

Beim zweiten Mal hat sie es immerhin bis zum Klo geschafft. Sie hatte das Flens kaum hingestellt, der Typ, den sie kennt, aber nicht zuordnen konnte, hatte es kaum ploppen lassen, da hat es wieder so fürchterlich zugestochen. Betty hat es gesehen und sie Richtung Klo geschoben, sie ist irgendwie hingerannt, hineingestürmt und hat sich erbrochen. Neben ihr hat sich Becky gemeldet, sie hat ihr irgendwas zugerufen, helfen kann ihr jetzt eh keiner. Ihr Magen zieht sich zusammen, als zerdrückten ihn zwei Monsterhände, dann reißt es ihn wieder auseinander, sie rutscht auf die Knie und kotzt und weint und schreit und kotzt. Aber sie fasst sich, diesmal geht es schneller, sie macht sich frisch, zieht ihren Lippenstift und Kajal aus der Hosentasche, bastelt eine Maske, die den Tod überdeckt.

„Geht's?", fragt Betty etwas hilflos, als Susann zur Bar zurückkehrt, die Arme arbeitet noch nicht lange hier. Sie weiß, etwas ist nicht ganz in Ordnung mit Susann, aber mehr auch nicht.

Sie nickt nur und macht einen Rundumblick, es ist voll, und es ist heiß, und eigentlich müsste Wolfgang die Leute jetzt draußen warten lassen, bis irgendwann welche gehen. Aber es geht keiner. Sie sieht Peter und seine Leute am Kickertisch stehen. Sie werden wohl wieder die halbe Nacht zocken, noch einmal wird es um alles gehen, vor allem um die Ehre. Sie wird vielleicht mal vorbeischauen in einer kurzen Thekenpause. Irgendwer hat ihr eben erzählt, dass sich dort vielleicht heute noch eine Sensation anbahnt, denn Peter, der hier sonst immer alles in Grund und Boden spielt, musste heute schon ein paar Mal öfter die Kugel aus seinem Tor fischen als sonst, und die Traube um den Tisch wird immer dichter. Am zweiten zocken welche, die sie nicht kennt, vielleicht haben die sich auch verlaufen wie die vier vorhin, die bei ihr jeder genau ein Getränk genommen haben und schon längst wieder weg sind. Manche sind hier einfach falsch.

Paul

Er schaut Max beim Tanzen zu. Sieben Jahre, und nichts hat sich verändert. Neben ihm Zippl, der einfach in der Mitte steht, sein weißes T-Shirt vollschwitzt, von denen er mindestens 57 Stück im Schrank haben muss. Zippl ist rein tanztechnisch gesehen ein Oberkörper-Magier. Mit seinen Armen und seinen Blicken ist Zippl ein Gott. Jeder Ton spiegelt sich in seinen Pupillen wider, jede Melodie, jeder Rhythmus wird in seinen Armen eins zu eins wiedergeboren. Er kennt jeden Song, jede Nuance, jede ruhige Stelle vor jedem Solo, jedes Flüstern, auf das ein Getöse folgt. Zippl ist die personifizierte Musik. Und Vossi und Uwe schenken sie ihm, jeden Donnerstag und jeden Freitag und jeden Samstag.

Mein Gott, Vossi und Uwe: Auch sie haben sich überhaupt nicht verändert. Er hat hier einige DJs kommen und gehen sehen, lange, bevor er selber für lange Zeit ging. Ralf, der einen eigenen Laden hat, Christian und Bocki, die jetzt in größeren Clubs auflegen. Aber hier hat für sie so manches begonnen.

Uwe und Vossi stehen hinter dem Mischpult, Vossi lehnt an der Wand und qualmt, studiert CD-Hüllen, kratzt sich am Kopf. Es gab Abende, da konnte Paul nach drei Songs die restliche Reihenfolge voraussagen. Da dachte er: Mensch, Vossi, brenn die ganze Kacke doch einfach am Stück, leg die Scheibe dann ein und geh wieder nach Hause.

Aber das hat Vossi noch nie gemacht und dafür mögen sie ihn. Lieber wissen, was kommt und dass es was Gutes ist, als überrascht und enttäuscht sein über irgendeinen Schrott. Jetzt läuft City, der mit den nackten Füßen stürmt dazu, Zippl huscht ein Grinsen übers Gesicht.

Paul lässt noch einmal den Blick schweifen: Sieben Jahre lang war er nicht hier. Rockabstinent. Abstinent von allem, was Leben ist, so kommt es ihm vor. Die hagere Frau mit schwarzem Haar, die Max eben angerempelt hat, tanzt auch seit einiger Zeit, sogar zu diesem Song, ihr blasses Gesicht ist leicht rosa gefärbt. Er fixiert ihr Gesicht, sucht einen Namen, findet ihn: Becky, richtig. Kennen gelernt an irgendeinem Samstag vor wer weiß wie vielen Jahren. Irgendwie schräg war die, das weiß er noch. Hat Max auch immer gesagt.

Er schiebt Zippl ein Männerlächeln rüber, von vorne sieht er Becky näher in die Mitte rücken, die wie immer ein bisschen arg viel auf Theatralik macht für seinen Geschmack.

Am Tag würden sie sich niemals über den Weg laufen, weil sie in verschiedenen Welten leben, aber das hier würfelt sie zusammen, einfach so.

Er schließt wieder die Augen, fühlt jeden Ton, saugt jeden Takt auf. Nach sieben Minuten ist *Am Fenster* zu Ende, und Uwe, der mit City wieder ran durfte, setzt einen Schnitt. Er spielt Live, danach Creed, wie so oft direkt hintereinander und genau so, wie Max es aufgeschrieben hat. Max dreht auf. Ihm wird immer heißer, der Schweiß rinnt ihm aus den Haaren, Claudia kommt dazu und Meret und noch zig andere, deren Gesichter er kennt, aber nicht ihre Namen. Als Uwe die Zehn-Minuten-Live-Fassung von *Like the way I do* raushaut, die er nachher, irgendwann um vier, unter Garantie noch mal spielen wird, weiß Max, dass Witold jetzt vorne die Augen verdreht. Er wird sich zu Wolfgang beugen und sagen: „Es ist so weit, er spielt den Tussisong, jetzt kriegst du da hinten gleich kein Bein mehr auf die Fliesen."

Als die ersten Riffs ertönen, möchte er jubeln, weil er diese zehn Minuten liebt, Tussisong hin oder her. Er schaut sich um, von allen Seiten strömen sie auf die Fläche, andere rennen jetzt lieber aufs Klo oder Bier holen, diese zehn Minuten sind ja schließlich lang und sie gefallen weiß Gott nicht jedem, aber für ihn können sie gar nicht lang genug sein. Er liebt die Strophen, er liebt den Gesang, er liebt Melissa Etheridges rotzig-rauchige Stimme, und vor allem liebt er es, wie sie es singt, wie sie es fühlt. Wie sie den Song nach dem zweiten Refrain fast anhält, mittendrin, wie sie ihn runterfährt, eine halbe Ewigkeit lang, bis nur noch die Taktschläge erklingen, dann folgt ihr Flüstern, er flüstert mit, jeden Satz, jedes Wort, und dann dreht sie ihn wieder auf, diesen Song, steigert ihn bis zum Refrain, und sie schreit ihn ins Mikro, ihre Stimme überschlägt sich und alles entlädt sich in einem dreiminütigen Schlusssolo, bei dem er alles gibt, bis er nassgeschwitzt ist, und vielleicht halten ihn manche jetzt für total bescheuert, aber bei so vielen anderen Bescheuerten hier ist ihm das eigentlich auch völlig egal.

Nobody aches, baby, nobody aches, just … and I will think of you

So tell me, does she love you

Like the way I do

Denn morgen wird es für immer still sein hier.

Zwischenspiel

Uwe beugt sich tief über das Mischpult. Auch er ist älter geworden, wie sie alle älter geworden sind, vielleicht braucht er auch einfach mal eine Brille. Als Emma und Lil ans Pult treten, zwei Songs aufschreiben, wieder gehen und ihm dabei zwei ziemlich ansehnliche nackte Rücken hinhalten, ist er auch in dieser letzten Nacht wieder ganz der alte Uwe: „Könnt ihr nicht einfach nur rückwärts durch den Laden gehen?“, ruft er den beiden hinterher, die drehen sich um, lächeln ihm ein *Wir haben dich auch lieb* zu und verschwinden in einer Menge, die immer dichter wird. Und noch mehr strömen durch die schwere, graue Tür herein.

Vossi tritt neben ihn, gleich werden sie wieder tauschen, dann fährt Vossi die härtere Schiene. Immer wenn er Vossi neben sich sieht, muss er schlucken, denn dann ist wieder eine Stunde rum und es bleibt immer weniger Zeit. Unten stampfen sie jetzt zu dieser Gewaltverherrlichungsnummer von Manowar, recken die Arme Richtung uralter Discokugel und brüllen *„Warriors!"*. Uwe muss bei diesem Song immer lachen, diesem musikgewordenen Chuck-Norris-Ballerfilm aus der untersten Schublade, aber hier drin, mit all den anderen, funktioniert er einfach. Denn jeder hier hat seine Feinde, die er bekämpfen muss, seine Dämonen, die ihn einholen werden, am nächsten Tag, in der nächsten Woche, vielleicht schon in den nächsten Stunden, wenn sie irgendwann schlafen. In diesen sechs Minuten, die den Laden wie ein Beben aus gleichmäßigen Stößen erschüttern, gibt es keine Feinde. Es gibt nur sie und die Musik.

„Schau sie dir an, Vossi. Ist das geil?"

„Kindermusik, sonst nichts. Weichspülermucke."

„Aber alle sind drauf. Da passt keiner mehr zwischen. Was sagt dir das?"

„In fünf Stunden steht da keiner mehr."

„Ich brauch hier keinen Countdown, ja?"

„Dann stehn da nur noch ein paar von uns, die Mädels und Ende."

„Mann, Vossi, kannst du nicht einfach mal die Schnauze halten?"

„Was spielen wir eigentlich zum Schluss, Uwe?"

„Ist, wenn ich das so richtig überschlagen habe, eigentlich meine Stunde, aber wir können die auch gerne zusammen schmeißen. Freu dich, Vossi: Du darfst mit mir am Ende das Grab zukippen. Ist doch was, oder?“

„Ich weiß auch schon, was ich spielen würde.“

„Sach nicht Onkelz.“

Vossi grinst nur. „Spiel du ruhig noch ein paar Mal *Geile Zeit* von Juli. Lief ja erst dreimal seit neun.“

„Mach ich auch.“

Und Uwe spielt es sofort. Er setzt Juli nach Manowar, so was geht eigentlich nicht, das widerspricht allen Gesetzen, die sie hier mal aufgestellt haben. Noch schlimmer war es nur, als sie einmal an einem Donnerstag Rednex auflegten und ein paar Verlorene wahrhaftig einen Squaredance zu *Cotton Eye Joe* hinlegten und ein paar andere sofort ihr Bier stehen ließen und einfach nach Hause gingen.

Jetzt müssen einige lachen da unten und sie schauen zu den beiden hoch und so mancher zeigt ihnen einen Vogel und Vossi lacht sich halb schlapp, aber Uwe zieht es durch und unten bleiben die meisten drauf und tanzen einfach weiter und singen: *„Ja, ich weiß, es war ’ne geile Zeit, doch es ist vorbei!“*

Wolfgang steht draußen, er hat die meisten per Handschlag begrüßt, kaum einer, den er nicht kennt. Er hört sich ihre Fragen an und ihre Kommentare. Manche spenden sogar Beileid, manche sagen ihm auch offen ins Gesicht, was er besser mal viel eher und überhaupt ja ganz anders hätte machen müssen. Sie sind gekommen, alle, die nicht gerade den Kopf unterm Arm tragen oder vom Himmel auf den

Laden hier herabschauen, und jetzt stehen sie, dicht gedrängt, vor den Kickertischen, vor den Bars, vor den Sofas, auf denen andere schon mehr oder weniger desolat herumhängen, oder sie lassen auf der Tanzfläche alles raus. Keiner weiß wohin mit sich, aber sie sind da, gemeinsam, und sie feiern diesen Abgesang auf eine Zeit, die vielleicht schon viel länger vorbei ist, als sie das alle wahrhaben wollen. Schon lange vor dieser Nacht.

Wolfgang denkt in ruhigen Momenten, die ihm diese Nacht auch immer wieder schenkt, oft zurück. Siebzehn Jahre. Er denkt an die Zeit mit Ralf, DJ der ersten Stunde, den sie alle kennen, auch die, die nach seiner Zeit erst hier waren.

„Meinst du, Ralf kommt noch?", fragt er Witold.

„Ich glaub's nicht. Aber wenn, dann trinken wir vielleicht einen."

„Vielleicht."

Aber Ralf wird nicht kommen.

Wolfgang schaut dem Menschenstrom zu und denkt: Warum waren in den letzten Monaten nicht wenigstens zehn Prozent der Leute da, die heute hier sind? Warum sind sie nicht gekommen? Warum nehmen sie uns das hier weg? Warum bauen sie hier einen Rentnerpark hin? Wie lange wird diese alte Fachwerkbude überhaupt noch stehen? Was mache ich mit Witold, der seit sechs Jahren da oben wohnt, der hier lebt? Nach Feierabend gleich runter nach Müngsten, die schwarze Exitjacke an, rein in den Laden, da sein, alles am Laufen halten. Vossi ein Kabel anreichen, wenn der wieder mal was reparieren muss, die Mädels begrüßen, Kasse machen, irgendwann um vier Uhr morgens schlafen gehen, um halb acht raus, arbeiten gehen, denn immerhin hat Witold ja auch noch ein Leben außerhalb dieses Schuppens, in einem stinknormalen Büro mit stinknormalen Leuten. Es gibt Menschen, die müssen Nacht für Nacht in einem Laden an der Kasse stehen. Witold muss nicht, er will. Und am liebsten möchte er ein Exit bis in alle Ewigkeit, aber das wird er nicht kriegen.

Als es den Laden zehn Jahre gab und so mancher noch glaubte, er lebe jetzt für immer im Rockdisco-Olymp, da wusste Witold schon, dass irgendwann alles vorbei sein würde. Aber wer wollte das damals hören, wenn er sich fragte, ob all diese Menschen in all diesen Nächten auch in Zukunft da sein würden? Er hat es kommen sehen, dieses Ende. Es war eine Zeit, in der es noch Ideen gab, Dinge anders zu machen. Andere Musik, anderer Stil, was auch immer. Aber vieles blieb dann doch so, wie es war, und wenn etwas zu lange so bleibt, wie es ist, dann wird es untergehen.

Als das langsame Sterben begann, als sich immer mehr Leute vom Exit abwandten, als immer mehr Gäste wegblieben, als es einfach auch mal keinen Spaß machte, da wollte er das hier alles immer noch, also blieb er. Wie ein Kapitän, der sein Schiff so lange nicht verlässt, wie es noch irgendwie schwimmt. Wolfgang betrachtet ihn lange, diesen Exitmann. Er weiß, dass Witolds Zufriedenheit manchmal auch eine ganz gut sitzende Maske ist, mit der er manchen Schatten, manchen Verlust verdeckt, den ihm das Leben zugemutet hat. Er ist froh, dass er Witold an seiner Seite hat. Ein Ende ohne ihn hier unten wäre falsch.

„Hut ab, Witold“, sagt er plötzlich.

„Wie war das?"

„Ich sagte: Hut ab."

„Ja, ich hab das schon verstanden, aber was soll das jetzt?"

„Du weißt schon, wie ich das meine. Und ich glaube, dass du da jetzt auch gar nichts drauf sagen musst, sondern das einfach mal so annehmen kannst."

Witold streicht gedankenverloren über den Exit-Schriftzug auf seiner Jacke und schaut ins Bistro hinüber. Ein Lächeln schleicht sich in sein Gesicht. Ein bisschen Stolz schwingt darin mit, Stolz auf siebzehn Jahre hier unten. Und so, als spreche er gerade mit niemandem, sagt er schließlich: „Weißt du, dass man das hier einfach gerne macht, das kapieren die meisten ja gar nicht. Die denken: Och, der Witold, der hat ja sonst nix. Aber ich hab so viel, das kann sich keiner vorstellen." Er dreht sich zu Wolfgang und schaut ihm in die Augen: „Und wenn wir hier morgen zumachen, mein Gott. Dann hat meine Freundin auch mal wieder ein bisschen mehr von mir. Und irgendwann machen wir woanders wieder was auf."

„Ich geh uns mal 'n Bier holen, Witold."

„Mach das."

Sie sprechen in dieser Nacht kein Wort mehr darüber.

Paul

Paul macht nach seinem Manowar-Gastspiel auf der Tanzfläche erst mal Pause und pinkelt das fünfte Flens ins Klo. Es schmerzt, ehe ein mächtiger Strahl nach draußen schießt. Wie viele Spritzer er davon jetzt wohl abbekommt? Wie viele winzig kleine Urintröpfchen spritzen wohl genau in diesem Moment von der Pinkelrinne zurück auf sein schwarzes anowar-Shirt? Ich bin völlig versaut, denkt er. Ich bin voll mit Pisse und gleich streife ich damit irgendeine Frau und dann ist die auch voll Pisse. Denke ich das jetzt nur, weil ich schon wieder ziemlich betrunken bin, oder hätte ich es sonst auch gedacht?

Neben ihm steht Zippl, der Immer-Tänzer. Er grüßt noch mal nickend, sie sind wie zwei Hunde, die sich freudig mit dem Schwanz zuwedeln und sich dann gegenseitig in Ruhe lassen. Hauptsache, der andere ist da. Seltsame Beziehungen sind das.

Bei Nichtgefallen Kind einschicken, steht auf dem Kondom-Automaten, an dem er sich auch schon das ein oder andere Gummi gezogen hat, das danach noch in derselben seelenlosen Nacht in irgendeine Tonne flog. Er weiß nicht mehr, wer in all diesen Nächten neben ihm lag.

„Möcht mal wissen, wer den Unsinn da drangeschrieben hat“, sagt er halblaut, mehr zu sich selbst. Zippl tritt neben ihn, wäscht sich die Hände, lächelt, geht an ihm vorbei, bleibt kurz stehen, betrachtet den Spruch.

„Ich“, antwortet er, lacht und macht sich auf in Richtung Tanzfläche.

Als auch Paul den Klogeruch hinter sich lässt und durch die Türe tritt, spürt er es noch stärker als beim Hereinkommen. Er spürt die Rauheit, das Echte, den Schmutz, den Rauch, die Parfüms, das Riffgeklirre aus den Boxen. Er titscht wie eine Billardkugel durch die Menge. Er ist in andere Clubs getaucht, aber nirgendwo war es so wie hier. Es ist die Enge, die Kleinheit, die Unmittelbarkeit.

Irgendeiner haut ihn von der Seite an. „Paul, Mensch, lang nicht gesehen, wie is et?"

„Ja tach. Äh …"

„Armin. Auf deinem T-Shirt fehlt übrigens ein M."

„Ja, richtig, Armin. Ja, ich weiß, das mit dem T-Shirt … egal. Wie et is? Jo. Ich war ewig nicht hier. Aber in der letzten Nacht, da muss man ja. Und bei dir?"

„Och so, et muss halt, ne … und bei dir sonst so?"

„Jo, auch so, ganz gut eigentlich."

„Und, hasse noch die eine, die, wie hieß die noch …?"

„Wen? Sag noch mal, ich versteh kein Wort."

„Na, die eine da, von damals, die Kleine. Svenja oder so."

„Sonja. Nee … nee, die is schon längs, also …"

„Ach, sorry. Ja, is auch nich so wichtig … na ja … und sonst …?"

„Ja, so weit … hör mal, ich dreh noch mal 'ne Runde, ich hab dahinten noch meine Leute stehen. Also dann, man sieht sich …"

„Jo, dann bis später mal so …"

Und so verlieren sie sich wieder, zwei, die sich eben erst getroffen haben und sich leider kennen, sich aber gar nichts zu sagen haben. Es hat sich nichts geändert.

Aber manchmal fangen Statisten auch an zu reden. Paul trifft Meik, den Handschlagmann.

Er überlegt einen Augenblick, kann diesen Typ erst nicht so richtig zuordnen, dann aber ist er sicher: Das muss Meik sein, einer, den er noch von damals vom Tanzen kennt und vom Trinken vielleicht auch, Tag sagen, Hand geben, Fresse halten, Rocken, Saufen. Diesmal sitzt der Handschlagmann plötzlich neben ihm auf der Couch in der Nähe der Bar, und der Kerl sieht irgendwie anders aus als früher. Hatte der nicht mal kürzere Haare? Wirklich lang sind sie auch nicht. Irgendwie undefinierbar. Paul mustert ihn: Meik trägt ein helles Hemd, aber auch nicht weiß, eine Jeans, verwaschen, aber nicht cool verwaschen, sondern discounterverwaschen, und er sieht so aus wie alle und keiner. Aber hat er das nicht immer schon?

Der entscheidende Unterschied zu früher ist, dass er diesmal mit Paul redet. Einfach so. Er fragt nicht, wie es Paul geht oder wer Paul überhaupt ist. Er hat ihn einfach gefangen genommen. Während Max sich die Seele aus dem Leib tanzt, wird Paul gerade von Meik, dem Handschlagmann, mit Worten gefesselt.

Für einen kurzen Moment entdeckt Paul seinen Freund auf der Fläche, und Max blickt dabei etwas ungläubig zu ihm rüber, und seine Augen scheinen zu fragen: „Sag mal, Paul, wer ist denn der?" Dabei muss Max den Typen doch besser kennen als er selbst. Aber Paul wünscht es ihm nicht, er wünscht es eigentlich keinem, nachdem er Meik nur zehn Minuten lang zugehört hat.

Meik begann so: „Ich hatte ja damals noch die Ilka, kennsse auch, die war auch immer hier, aber dann wurde die ja schwanger."

„Ah so."

„Ja, aber die hat das Kind dann verloren, war mir ja ganz recht, weil, was soll ich mit 'nem Kind? Aber die hat das wohl nicht verkraftet und fing an zu saufen, aber so richtig. Da bin ich ja noch echt harmlos gegen."

„Mmmhhhm. Nee, ab und zu trink ich ja auch schon mal. Wer war jetzt noch mal tot?“

„Tot? Nee, keiner. Doch, also, das Kind halt, aber das gab's ja eigentlich noch gar nicht. Die Ilka, die lebt noch, aber die ist halt weg.“

„Blöd.“

„Nee, ich hatte ja dann eine andere, die war super, die hat mich echt geliebt.“

„Jetzt nicht mehr?“

„Ist einfach weg. Von jetzt auf gleich. Nach nur einer Woche. Dabei hab ich sie nur gefragt, wegen Heiraten mal später und so.“

„Nach 'ner Woche.“

„Ich war mir so absolut sicher, so was hatte ich echt noch nie. Aber danach, als sie weg war, da ging dann bei mir gar nichts mehr. Da wollte ich auch erst mal nicht mehr. Ich hab dann ja viermal versucht, mir das Leben zu nehmen.“

„Warum hast du's nicht einmal richtig gemacht?“

„Was? Ach so. War jetzt 'n Witz, oder? Ha, der ist gut.“

„Nee, eigentlich nicht.“

„Nicht gut?“

„War kein Witz.“

Jetzt muss er doch eigentlich mal gehen, überlegt Paul, jetzt muss er es doch mal raffen, aber Meik rafft gar nichts oder will es nicht. Von all den Seltsamen, die er früher immer schon hier getroffen hat und dann auch zwischendurch mal woanders, ist Meik ein absoluter Topfavorit auf den Titel des größten Freaks ever.

Und natürlich bleibt er sitzen und sagt: „Weißt du eigentlich schon das Neueste? Auf deinem T-Shirt fehlt ein M.“

„Das fällt dir jetzt erst auf?"

„Willst du mal wissen, wie ich es versucht habe?"

„Um zu erfahren, wie man's besser nicht machen sollte? Dann mal los."

„Das erste Mal wollte ich es mit meiner Karre tun. Ich hab so 'nen geilen alten Golf, voll tief und breit. Ich also auf die Autobahn, zu so 'ner Brücke, mit fettem Betonpfeiler. Aber dann war mir die Kiste doch zu schade dafür. Zeig ich dir mal bei Gelegenheit, eine Wahnsinnskarre."

Es wird aber keine Gelegenheit geben, denkt Paul.

Vossi hat übernommen, die Musik wird härter, genau richtig für ihn, zu hart für Max. „Ich muss mal 'n bisschen tanzen", ruft er Meik zu und lässt ihn sitzen, Max läuft ihm derweil fast in die Arme, fliegender Wechsel. „Wer ist denn der Typ?"

„Na, Meik. War doch früher immer hier. Den kenn doch ich sogar noch."

„Noch nie gesehen."

„Was?"

Paul dreht sich zu Meik um, der ihm ein seltsam wissendes Lächeln zuwirft, von der Couch aufsteht und auf die Bar zuläuft. Paul tritt auf die Tanzfläche, Vossi haut Type o Negative raus, er vergisst die Welt um sich herum, und Max muss dringend mal an die frische Luft.

Max und Anne

Er trifft Anne im Bistro. Er wollte nur ein einsames Bierchen, und jetzt sitzt da Anne, die doch eigentlich mal zu ihm kommen wollte, irgendwann vor einer Ewigkeit. Er hat Paul mit seinem Elliwahn allein gelassen, er konnte diese Blicke nicht mehr haben, und als Paul angefangen hat, sich auch noch mit diesem seltsamen Typen zu unterhalten, musste er ganz schnell mal weg.

Anne sieht so aus, als habe sie ihr Rudel gerade auch verlassen. Er setzt sich neben sie und nimmt einen Hauch von Parfüm wahr, das ihr mehr Weiblichkeit verleiht als ihre Klamotten. Ihr graues Shirt war vielleicht vor Dekaden mal eng anliegend, jetzt sieht es so aus, als habe es vorhin einsam und verlassen auf ihrem Stuhl gelegen und geschrien: *Bitte, zieh mich noch einmal an, bevor du mich morgen in die Tonne schmeißt.* Und sie erbarmte sich. Er beschließt, dass er es gut findet, dieses Nichtschicksein. Nichtschicksein aus Prinzip geht überhaupt nirgendwo so gut wie im Exit.

„Desperados", nickt er Nicki zu, die vorne bedient und einen echt netten Hintern hat, aber genau deswegen unerreichbar ist, und er hockt sich neben Anne. Ein Mittvierziger, der offenbar gerade dasselbe vorhatte, dreht beleidigt ab und tut so, als habe er am Fenster einen entdeckt, den er kennt.

Wie aus einem Traum erwacht, schaut sie plötzlich zu ihm rüber. „Max?"

„Hi! Bist du deinen Leuten heimlich weggelaufen?"

„Witzig."

Genialer Einstieg, besser ging's ja gar nicht. Er möchte

am liebsten sofort aufstehen und gehen. Und er sagt es auch noch. „Ah, schon okay. Dann …"

„Nein, bleib mal ruhig da."

Er zögert. Schaut sich um, betrachtet die Bierposter an den Wänden, die beiden mit Menschen vollgestopften Sofas unter den versifften Fensterscheiben, die niemand mehr putzen wird. Da hat vorhin mal irgendwann Susann drauf gesessen, nachdem sie den halben Boden vollgekotzt hatte. „Und sonst?"

Sie schiebt zwei Strähnen ihres braunen Haars aus ihrem Gesicht und lächelt schräg. „Und sonst? Mehr fällt dir jetzt nicht ein?"

Danke, dann kann er ja jetzt wirklich gehen. Nächster Versuch: „War jetzt auch mehr als Witz gedacht. So, wie wenn einem nix mehr einfällt."

„Dir fällt jetzt schon nix mehr ein? Respekt."

„Ich kann diesen Smalltalk-Kram eigentlich gar nicht haben."

Wieder dieses schräge, gequälte Lächeln. „Na ja, zu viel mehr haben wir es bis jetzt ja auch nicht gebracht, oder?"

Da fällt ihm auf, dass er sie noch nie ohne Alkohol erlebt hat. Vor ihr steht eine Cola. Sie nippt nur dran, als wolle sie probieren, ob das Zeug vielleicht giftig ist.

„Kein Bier heute?", fragt er, „musst du fahren?"

Sie schüttelt nur schweigend den Kopf, und er betrachtet sie einen Moment lang.

Anne ist nicht schön, aber so, dass sie einem auffällt, schulterlange braune Haare, klein, hellgrüne Augen und eigentlich auch immer lachend. Dieses Lachen entwaffnet gnadenlos, vielleicht gerade, weil ihr rechter vorderer

Schneidezahn ein bisschen über dem linken steht. Die Tatsache, dass sie dieser Makel offenbar nicht kümmert, gefällt ihm. Dass sie heute nicht lacht, dagegen weniger.

„Wie hast du Paul eigentlich hier reingekriegt?", beginnt sie.

„Das weiß ich selber nicht."

„Und dann ist auch noch Elli da."

„Deswegen bin ich ja hier draußen. Ich konnte dieses Gestarre nicht mehr mit ansehen. Und dann dieser Typ da."

„Ist mir auch schon aufgefallen. Wer ist denn das eigentlich?"

„Du kennst den auch nicht? Interessant. Paul ist überzeugt, dass der früher schon immer hier war. Meik oder so. Keine Ahnung, wen der da vor Augen hat."

„Der muss ihn verwechseln. Ich hab den hier jedenfalls noch nie gesehen. Und ich kenne auch keinen Meik."

„Vielleicht gibt es den ja gar nicht, und er bildet ihn sich nur ein. Aber dann dürften wir ihn ja nicht sehen, oder?"

Wieder lächelt sie seltsam angestrengt, und er kommt sich vor wie einer, der gleich mal richtig witzig werden muss, sonst geht das hier total in die Hose, doch es gibt nichts Schlimmeres, als wenn einem dann absolut gar nichts einfällt. Ihm fällt nicht viel ein.

„Er wird sich total betrinken und dann sicher auf irgendeine sensationell gute Idee kommen. Hoffentlich macht der keinen Scheiß. Ich kenn echt keinen, der so viel trinkt."

„Immer noch so viel? Ich hab den Paul schon so lange nicht mehr gesehen."

Jetzt stirbt auch das schiefe Lächeln einfach weg.

Ein Schweigen entsteht, wie eine kalte Höhle aus Unwohlsein baut es sich zwischen ihnen auf, und er hat sofort das Gefühl, dass er nicht übers Trinken hätte reden sollen, ohne zu wissen, warum. Dabei sind sie doch bisher immer erst übers Trinken zum Reden gekommen. Bei Paul. Manchmal auch hier. Sie scheint plötzlich zu gefrieren und der Augenblick mit ihr.

„Ich bin gleich wieder da", flüstert sie stockend und springt vom Hocker herunter.

Sie verschwindet.

Nicki wirft ihm einen lieben Blick zu, den auf der ganzen Welt nur sie so kann, und sagt nur: „Frauen."

Er nickt, sitzt Zeit ab, leert irgendwann das Bier und konzentriert sich auf die Leere, die sich in ihm ausbreitet. Was hat er Falsches gesagt? Er überlegt kurz, wieder reinzugehen, da steigt sie neben ihn auf den Hocker.

„Na, durstig gewesen?", fragt sie.

Als er in ihre Augen schaut, erkennt er, dass sie nicht gepinkelt hat. Eben haben ihre Lider noch dunkler ausgesehen. Kein Zweifel, sie hat geheult und beißt sich jetzt vermutlich gerade gedanklich in den Hintern, dass sie keine neue Schminke dabeihat.

Er weiß um die Blödsinnigkeit der Frage, aber er stellt sie trotzdem: „Alles okay?"

„Na klar." Wieder treten sic in diese Schweigehöhle. Er kommt sich vor wie Vincent Vega, wie er mit Mia Wallace im Cadillac sitzt. Nur, dass dem die Schweigerei nichts ausmacht. Aber was geworden ist auch nicht aus den beiden. Am Ende endet es damit, dass er ihr eine Adrenalinspritze in die Brust hämmert. Ihm fällt ein, dass sie immer mal was von U2 erzählt hat. Und auch immer tanzt, wenn es läuft.

Außer heute.

„Wo warst denn du vorhin bei *Sunday Bloody Sunday*?"

Für einen winzigen Moment tritt ein Leuchten in ihre Augen, doch es verglimmt sofort wieder. „War nicht so in Tanzstimmung."

Sie nippt noch mal an ihrer Cola, die, bei näherer Betrachtung, schon ohne Kohlensäure auf die Welt gekommen zu sein scheint und jetzt in einem Glas voller Streifen vor sich hin verschalt. Anne schaut rettungslos verloren aus.

Er stellt sich vor, wie sie als Teenager in ihrem Zimmer ungefähr siebzehn Bono-Poster angebetet hat, wie sie ins pubertäre Schwärmen geriet, wenn er mit seiner schwarzen Mähne durch irgendein Video auf MTV tänzelte. Er hat keinen Plan von U2, und das Gespräch ist inzwischen halbtot, aber er versucht trotzdem, es zu reanimieren. „Er hätte ruhig mehr davon spielen können hier. So allgemein. Und *Bloody Sunday* ist ja auch noch nicht mal der Beste."

„Sie sind alle die Besten ... aber du hast recht, sie spielen hier zu wenig davon. Ich finde, sie spielen in der letzten Zeit zu wenig von allem, was gut ist." Sie wiegt das Glas in ihrer Hand und starrt ins Leere. „Sie haben den Laden aufgegeben. Schon vor Ewigkeiten."

Er schaut sie lange schweigend an und verguckt sich in ihren Verlorenheitsblick, während sie mit ihren zierlichen Fingern das Colaglas dreht und die Augen in die kalte, braune Suppe versenkt. Vielleicht gibt es eine lachende Anne nur im Vollrausch.

„Früher war die Musik sowieso besser", versucht er es, sie nickt und schaut jetzt nicht nur verloren, sondern auch noch gelangweilt aus. Er sieht sich aufstehen und eine

Schaufel holen, um diesen Augenblick irgendwo zu verbuddeln.

Hier ruht: Szene mit Anna. 23.15 Uhr bis 23.21 Uhr.

Wir werden dich in drei Minuten vergessen haben.

Sie ist es, die die Schaufel holt: „Hör mal, Max, mein Tag war ... es ist so: Ich sollte mich dir vielleicht besser nicht zumuten heute. Eigentlich keinem."

Er nickt kaum erkennbar und erwidert ihren Blick, der auf seinem Gesicht zu kleben scheint, aber er macht es nur in vielen winzig kleinen Hinguckintervallen. Denn er schafft es nicht, ihr wirklich in die Augen zu schauen.

„Kann ich mal einen Bierdeckel und einen Stift haben?", winkt sie plötzlich Nicki zu. Zwei Kritzeleien später hat er ihre Telefonnummer. „Würd' mich freuen, wenn du dich mal meldest."

Sie streichelt ihm über die Schulter, fast mitleidig wirkt das, dreht sich dann um und geht.

Sie hat ihm immerhin die Schaufel dagelassen, um alles wieder auszubuddeln, trotzdem hat er das Gefühl, dass um ihn herum alle starren, besonders der Mittvierziger, den er eben so blöd hat aussehen lassen, und er denkt: Alle schauen dich an, alle schauen dich an, du kleiner Verlierer, sieh nur, alle schauen dich an! Innerhalb von drei Minuten läuft ihm dieselbe Frau zweimal von der Theke weg. Er möchte ins Glas springen und sich in Ohne-Kohlensäure-Cola selbst ersäufen.

Nicki lächelt wieder.

Er lächelt bitter zurück. „Frauen?"

Sie nickt. Und er lässt diese seltsamen Minuten noch einmal ablaufen, erwischt sich dabei, wie er beim Selbstgespräch wieder mal die Lippen bewegt, und tritt in den heißen Menschenregen hinein, der sich inzwischen ins Exit ergießt. Es ist so verdammt voll geworden.

Er wühlt sich durch Grabstein-Parfüm und Lederjackenduft, Zigarettenrauch und die Spritzer von Flensflaschen-Geploppe, irgendeiner grüßt ihn, ihm fällt der Name nicht ein, hinten lächelt die dicke Ina, die so hoch ist wie breit, aber einfach nur lieb und vor allem immer da ist, und mittendrauf stehen Zippl und ein paar andere Strategen, einen davon nennen sie Ugly, dabei ist er das gar nicht, und Ugly sieht nix mehr unter seiner wild schwingenden Zottelmähne, während Rammstein aus den Boxen dröhnt. Er stellt sich mittenrein, und er legt los, und er flippt völlig aus, und er liebt es, und er denkt trotzdem die ganze Zeit an sie.

Paul

„Ich schwör dir, das klappt, Mann! Ich hab ein fettes Abschleppseil dabei, liegt hinten bei mir im Wagen, ist locker 20 Meter lang. Das reicht völlig." Meik ist voll und voll begeistert. Er nuckelt an seiner Flensflasche, stellt sie vor sich auf den Boden und fährt fort: „Stell dir vor, dieser Kick. Die Dunkelheit, der Wald drum rum und jetzt fahren sogar noch Züge. Da geht dir einer ab, das schwör ich dir."

Paul versinkt neben ihm in der Couch und eruiert Möglichkeiten. Die erste wäre, hier sitzen zu bleiben, sein Flens in einem Zug leer zu machen und sich weiter Meik anzuhören, den er vorhin hier kennen gelernt hat und eigentlich schon längst wieder los sein wollte, aber nicht los wird und der ihm sein halbes Leben erzählt hat, einschließlich der vielen erbärmlichen Versuche, dieses zu beenden. Letzter Versuch: Tabletten. Aber dann beschloss Meik, dass er dann ja am nächsten Tag nicht mehr ins Exit gehen könnte, und steckte sich also den Finger in den Hals. Jetzt will Meik unbedingt auf diese Brücke. Und morgen macht der Laden ja für immer zu. Paul nimmt einen tiefen Schluck.

Die zweite Möglichkeit wäre, endlich rüberzugehen an die Bar und Elli anzuquatschen. Die sah damals noch besser aus als jetzt, vor jenen sieben Jahren, als er sich selbst vom Exit entwöhnte, als er es aufgab wie das Rauchen, einmal noch dran ziehen und dann nie wieder. Sie sah damals weniger verbraucht aus, hatte weichere Züge im Gesicht, trug die Haare etwas länger. Er weiß das so genau, weil er sie damals schon so lange betrachtet hat. Sie studiert hat. Es war ihr erster und sein letzter Abend, und er wollte damals auch hingehen, sie ansprechen. Aber er tat es nicht. Drei Jobs, genauso viele Beziehungen, eine kaputte Ehe und einen kleinen Sohn später hockt er wieder hier, er schläft nicht mehr, trinkt zu viel und fragt sich, was gewesen wäre, wenn er es getan hätte an jenem Abend. Meik hat wieder angefangen zu reden. Eigentlich möchte er jetzt lieber Rammstein zuhören, aber Meik schreit ihm sehr gekonnt ins Ohr: „Und dann sitzt du da oben und das ist die totale Freiheit, und …"

„Warum hast du das damals eigentlich nicht einfach durchgezogen?"

„Was, mit dem Seil? Hab ich doch! Hab ich geholt, sag ich doch. Ist von meinem Chef, hab ich dem geklaut."

„Das hab ich nicht gemeint. Ich meinte das mit den Tabletten."

„Wieso?"

„Egal. Und wie lange machst du das jetzt schon mit dem Abschleppdienst?"

„Ach, da fahre ich schon ewig für. Damals, als mich meine Alte verlassen hat …"

„Welche jetzt?"

„… das war ja die Zeit, wo ich dann echt jeden Tag hier war."

„Ach, die."

„Mann, hab ich da gesoffen, aber nur abends, morgens ging's dann auf 'n Bock, das war echt hart und ich …"

Meik merkt gar nicht, wie er, mitten im Redeschwall, plötzlich von Pauls Ohr ablässt und es einfach mal in den Raum rein erzählt oder vielleicht erzählt er es auch der kleinen Schwarzhaarigen, die seit ein paar Augenblicken auf der anderen Seite sitzt, oder dem Dicken mit dem Zopf, der vor ihm steht, jedenfalls schaut er sie alle abwechselnd an und redet und trinkt und redet und trinkt.

Paul fasst in Gedanken unter die Couch und kommt auf geschätzte drei Kaugummis. Die sind so hart, dass er kurz überlegt, sie abzuziehen und Richtung Kickertisch zu werfen. Da stehen sie und zocken, seit Stunden, immer dieselben Leute, die lassen hier ein Vermögen, und er glaubt sogar, einige zu erkennen, die auch damals schon immer da standen. *Die Flut* kommt, und die Schwarzhaarige springt auf, und der Dicke geht pinkeln, und Meik schaut den beiden beleidigt hinterher. „Scheißsong, oder? Den Heppner konnt ich noch nie ab. Der kann nicht singen, fertig. Oder, Paul? Ist doch ein Scheißsong, oder? Sach doch ma!"

„Scheißsong."

„Ja, oder?"

Paul möchte Meik jetzt gerne ins Gesicht schreien. Er möchte schreien: Junge, such dir einen anderen Freund! Ich weiß jetzt zwar alles über dich und kenne auch alle deine Frauen und Autos beim Namen, aber dich will ich gar nicht kennen, und ich will auch nicht wissen, wie man sich am besten nicht umbringt, also hör auf, dich an mich dran zu zecken!

Aber er macht es anders: „Sag mal, du kennst doch sicher die Süße da hinten an der Bar, oder? Die mit dem Tattoo auf dem linken Arm. Elli, glaub ich."

„Elli? Sicher!" Meik hat schon wieder dieses Leuchten in seinen Augen, das Einsame immer bekommen, wenn sich einer scheinbar für sie interessiert.

„Kennst du die näher?"

„Die ist doch schon Jahre hier. Die kennt doch jeder. Du nicht? Dann warste aber lange nicht da, oder?"

Stimmt, überlegt Paul, ich weiß zwar alles von dir, aber du gar nix von mir. Und so wird's auch bleiben. „Du hast recht, ich war echt 'ne Zeitlang nicht hier."

„Knast?"

„So ähnlich."

„Was ist denn so ähnlich wie Knast?"

„Ich geh jetzt mal dahin und sprech die Kleine an."

Meik macht große Augen. „Bist du irre? Die ist doch mit dem Jens zusammen. Der macht dich kalt, wenn der das sieht."

„Wer is'n Jens?"

Meik reckt seinen Hals, er sieht Hunderte Köpfe und fast so viele Gesichter, aber keinen Jens. „Der muss irgendwo vorne sein."

„Ja, dann ist doch gut", Paul zuckt mit den Schultern, „dann sieht der doch gar nichts."

„Ich sach dir: Bleib hier. Wenn du Spaß haben willst, komm lieber mit raus."

„Zu deinem Abschleppseil."

„Geil, sach ich dir, geil wird das!"

„Meik: Schönen Abend noch."

Er geht und lässt ihn einfach weiterreden.

Max und Anne

Wie eine alte Weise gluckst die Wupper an ihm vorbei.

Von der Musik drinnen bleibt hier am Ufer nur ein dumpfes Rauschen. Er kann nicht mal den Song erkennen, der gerade läuft. Bestimmt ist es ein guter, und eigentlich müsste er doch jetzt mittendrin stehen, aber etwas hat ihn hierhin gezogen, ans Wasser. So wie Anne etwas ins Bistro gezogen hat. So wie Paul etwas zu Elli zieht. Sein verschwitztes Shirt klebt an seinem Rücken, die Augen brennen noch ein wenig vom Rauch, nur langsam gewöhnt er sich an die klare Luft.

„Das war's dann", flüstert er der Weisen zu und setzt sich ins Gras. Er schaut sich um. Hier, nahe der Brücke, haben sie schon mit der Auenlandschaft aus der Retorte begonnen, die sie diesem Tal einpflanzen. Weiter vorne, wo jetzt noch die Autos parken, waren auch schon die ersten Bagger, und irgendwann wird alles hier eine große, grüne, hügelige Wiese. Die Städte wollen es so. Sie wollen es anders haben, vor allem aber wollen sie hier keine alte Hütte mehr, in der die böse Mucke läuft und wo nur böse Leute hingehen und wo früher mal ein Puff drüber war und wo, ich halt's nicht aus, sich sogar manchmal welche vor der Türe einen kiffen. Also so wie auf jedem zweiten Schulhof.

Sie werden hier ihre Auen bauen, überlegt er, und mittenrein stellen sie dann wahrscheinlich ein Rentnercafé oder was denen sonst noch so alles einfällt, damit es auch auf jeden Fall langweilig wird. Toll, diese Auen. Wie beim Herrn der Ringe. Fehlen nur noch runde Türen mit kleinen Hobbits drin. Eine dünne Wolke verzieht sich, ein halber Mond lässt die alte Wasserweise glitzern. Er wird plötzlich seltsam schwer, sinkt ein wenig in sich zusammen, lässt das leise Glucksen wirken. Ruhe. Von irgendwo meldet sich ein Kauz, dann folgt ein Knacken im Unterholz, der Soundtrack hier draußen ist ein ganz anderer. Die Natur spielt ihre eigenen Stücke, immer wieder neu.

Mein Gott, denkt er, es ist Abschiedsmelancholie. Er spürt, wie sie vom Wasser heraus in ihn reinkriecht. Es fühlt sich an, als lege sich alles Dunkel auf seine Schultern. Dann, mit einem Mal, herrscht völlige Stille. Nicht einmal das Glucksen nimmt er wahr.

Er lauscht. Kein Wummern mehr von drinnen. Er schließt die Augen. Eine Acoustic-Gitarre erklingt, er kann sogar die Töne der einzelnen Saiten erkennen. Sie verbinden sich zu einer Melodie. Ein Lächeln tritt in sein Gesicht, Gänsehaut schleicht sich über seinen Rücken. Er summt den Song leise mit, wiegt sanft den Kopf. *So close, no matter how far …*

„So close, no matter how far …"

„Was…?" Wie ein Blitzschlag durchzuckt es ihn, und er fährt herum.

„Oh, hab ich dich erschreckt? Sing ich so schlecht?" Da steht sie.

„Nein, ich … doch, hast du, ehrlich gesagt. Das heißt, nein, du singst gar nicht schlecht, aber … ich hätt mir jetzt grad fast in die Hose gemacht."

Sie lächelt ein Lächeln, das viel echter wirkt als das von vorhin. Viel echter auch als ihre dreckige Lache von irgendwelchen Trinknächten bei Paul.

„Ich … konnte irgendwie nicht nach Hause. Ich habe dahinten gesessen", Anne zeigt mit dem Finger auf eine der hässlichen, halbfertigen Steinbänke gleich am Ufer, „dann sah ich dich hier hocken. Aber du warst ja völlig versunken, oder?"

„Ja, ich musste mal raus."

„Und verpasst *Nothing else matters*."

„Ich höre es doch. Und du auch."

Sie lächelt wieder, und er ist völlig geplättet.

„Tut mir leid, mein Abgang eben. Du kamst dir sicher blöde vor."

„Gar nicht", lügt er, und ihre Augen funkeln, „na ja, vielleicht ein bisschen."

„Gehen wir ein Stück? Jetzt gibt es ja wenigstens vernünftige Wege hier."

„Du meinst, weil sie für jeden Rollator geeignet sind."

„Zyniker. Hoch mit dir", lacht sie ihn an, als hätte sie in der Zwischenzeit ihr Wesen eingetauscht, und reicht ihm eine Hand, deren Zartheit ihn schaudern lässt. Er will sie gleich festhalten, bemüht sich instinktiv, so langsam wie möglich aufzustehen, sie hält ihn weiter, erst nach ein paar Schritten löst sich ihr Griff, gleiten Finger übereinander, trennen sich.

Vor ihnen schlängelt sich ein halbfertiger, steriler Weg auf ein paar Felsen zu, die den Fluss auf ihrem weiteren Weg einbetten. Niemand zu sehen. Es ist, als gehöre ihnen die Nacht allein. Sein Herz klopft. Irgendetwas ist passiert, als Anne eben vor ihm aufgetaucht ist, er hat noch keine Antwort, aber Fragen. Und natürlich stellt er ihr die dümmste: „Gehst du öfter alleine durch die Nacht? Ich meine, bis du mich getroffen hast?"

„Klingt jetzt vielleicht ein bisschen beknackt, aber: Irgendwie hat mich was hiergehalten. Ich war zwar vorhin echt nicht in der Lage, Spaß zu haben. Du schon, denk ich mal, was ja auch klar ist, es ist die letzte Nacht im Exit, und natürlich muss man da feiern und so, aber ich konnte nicht … aber ich konnte auch nicht weg. Ich musste …"

„Gar nix muss man." Er ist überrascht von seinem eigenen Satz.

„Stimmt", antwortet sie. „Wollen wir da vorne runtergehen? Ans Ufer? Da kann keiner was hinbauen, da sind nur ein paar Steine. Oder ist dir das zu kühl? Du frierst doch nicht?"

Erst jetzt bemerkt er, dass sie sich eine Strickjacke übergezogen hat, und ist verlegen ob ihrer Fürsorge. „Ist das nicht eigentlich mein Text? Das mit dem Frieren?"

„Mein ja nur."

„Mir geht's gut, wirklich." Tatsächlich spürt er längst, wie eine Mitternachtskälte mit ihren Griffeln an seinem Nacken nestelt, aber der Gedanke, mit Anne unten am Wupperufer zu sitzen, klopft jeder Kälte auf die Finger.

„War schon ein bisschen komisch eben bei Nicki", beginnt er, „mir ist noch nie innerhalb von drei Minuten dieselbe Frau zweimal weggelaufen."

Sie lächelt unwillkürlich. Dann sinken ihre hochgezogenen Lippen wieder in die Waagerechte, die kleine Verschmitztheit um ihre grünen Augen verschwindet und lässt sie leer aussehen, als sie den Blick über den Fluss schweifen lässt. Wie vorhin im Exit liegt wieder diese wunderbare Traurigkeit in diesem Blick, und er legt endgültig jeglichen Skrupel ab, der ihn daran hindern kann, sie einfach nur schön zu finden in ihrer Traurigkeit. In seinem Bauch erbebt ein leichtes Vibrieren, ein bisschen unangenehm, zugleich aufregend, lange nicht gespürt. Als sie sich wie zwei schüchterne Teenager nebeneinandersetzen, die Hände im Schoß, tötet sie es ab: „Weißt du, der Paul trinkt eine Menge, der kippt echt so einiges in sich rein, das steht mal außer Frage. Aber es gibt Menschen, die sind verdammt noch mal viel durstiger. Die durstigste Frau der Welt wohnt übrigens in Wuppertal-Barmen und weiß manchmal nicht mal mehr, wie sie eigentlich heißt. Aber ich weiß es."

Er fühlt sich durchgerüttelt, wie es kein Song dieser Welt vermag. Sie schaut ihn an, anscheinend überrascht von ihren eigenen Worten. „Mann, wieso erzähle ich das eigentlich? Vergiss es einfach, ja?"

Aber es ist ja längst draußen und so plötzlich aus ihr hervorgeplatzt wie ein Stück Knochen bei einem offenen Bruch.

Sie schüttelt ihren Kopf und schaut ihn kurz an, dann wieder aufs Wasser. In ihren Augen schimmern Tränen, als sie anfängt, kleine Steine hineinzuwerfen. „Vergiss es einfach."

Er schweigt, sucht krampfhaft nach irgendwas Passendem, es gibt nichts, er probiert es trotzdem: „Deine Mutter, ja? Wie schlimm ist es?"

„Wie schlimm? Och, heute hat sie mit einer leeren Flasche nach mir geworfen, weil ich mich geweigert habe, ihr neues Zeug zu holen. Die Flasche zerplatzte zwei Handbreit neben mir an der Tür. Schlimm genug?"

Er schweigt und schluckt schwer. „Und was hast du gemacht?"

„Nichts weiter. Ich bin gegangen. Das war heute Mittag. Und ich werde nicht mehr zurückgehen."

„Wie lange geht das schon so? Mit dem Trinken?"

„Ein paar Jahre? Keine Ahnung. Am Anfang denkst du dir nichts dabei. Du riechst da ab und zu mal was, ein Bier, mein Gott, was soll's? Dann wird es mehr. Sie benimmt sich komisch, und du machst dir Sorgen. Und dann, viel zu spät, begreifst du es: Meine Mutter ist eine Säuferin. Wie die in den Talkshows, wo sie fett ihre Kamera draufhalten, um denen beim Sterben zuzuschauen."

Er hat das Gefühl, dass jede seiner Fragen falsch ist, er sucht und sucht, aber er findet keine besseren. „Und wie geht man damit um?"

„Zuerst belügst du dich selbst. Nein, meine Mutter doch nicht, ist doch alles gut, alles prima, sie hat doch alles und so. Und es geht weiter, es wird mehr, du weißt, du musst jetzt mal darüber reden mit ihr. Und das ist schwer, weißt du? Verdammt schwer, und jetzt ist das alles schon verdammt spät."

Er hat das Gefühl, etwas tun zu müssen. Eine Geste, ein Wort, aber er ist wie gelähmt. Vor ihm tut sich die Welt mit dunklen Abgründen auf, und ihm wird mit einem Faustschlag bewusst, wie behütet er selber eigentlich ist. Papa zahlt alles, und er studiert mit Ende zwanzig immer noch ein bisschen vor sich hin und schreibt Kurzgeschichten, die keiner lesen will, und wenn die Waschmaschine mal streikt, dann ist ja Mama da, die bügelt den ganzen Kram dann auch direkt, und wenn zwischendurch mal der Wagen nicht mehr will, zahlt Papa ihm mit Freuden die Werkstattrechnung. Das sind seine Probleme. Ende.

Er fühlt sich plötzlich wie abgekoppelt von der wirklichen Welt, von dem, was jeden Tag hinter so vielen grauen Wänden und Fassaden passiert, und wenn es eine leere Weinpulle ist, die Zentimeter neben deinem Kopf an einer Türe explodiert. Dieses Roulette aus Grausamkeiten. Es gehört in die Welt wie der Wind in den Himmel, aber er hat es aus seiner Version von Leben immer hübsch rausgehalten. Er ist ein behütetes Söhnchen, dem Mutti den Hintern nachträgt, wenn es sein muss, während er sich vor dem fiesen Leben verkriecht, stattdessen siebzehn verschiedene Geschichten und Romane beginnt, sie nach zwanzig versäbelten Seiten einfach liegen lässt und lieber wieder ein bisschen Soziologie studiert. Und sich, wenn er sich mal wieder langweilt, ordentlich einen hinter die Lampe gießt – und das ist alles. Wofür? Vielleicht sind diese Nächte hier unten sein wirkliches Leben gewesen. Je mehr Anne ihm in dieser Nacht erzählt, desto schlimmer wird es, und die Frage, warum sie es ausgerechnet ihm erzählt, stellt sich ihm gar nicht. So ist es eben, es ist richtig so, basta.

Sie erzählt von nächtlichen Schreiattacken, von stundenlangen Kotzanfällen und davon, wie die Frau einfach in ihr Zimmer stürmt, egal, ob sie da allein ist oder nicht und was sie gerade macht und dass sie schon Hunderte Male ausziehen wollte, zu einer Freundin oder wohin auch immer, Hauptsache weg. „Aber ich fühle mich verantwortlich. Kannst du das begreifen? Ich habe das Gefühl, sie retten zu müssen, dabei rennt sie selber auf das Loch in der Erde zu und springt kopfüber rein, aber ich will sie festhalten, sie in den Arm nehmen und ihr helfen. Aber sie lässt das einfach nicht zu." Ihre Stimme bricht.

Er spürt, wie sie ihren Oberschenkel an seinen schmiegt. Sie schauen einander kaum an, sondern in die Ferne. Und diese Ferne, der Lauf des Flusses in die Nacht hinein, wird er irgendwann, in zig Jahren, wenn er daran zurückdenkt, wie es damals war im Exit, dem Rockschuppen in Müngsten, immer auch vor Augen haben. Er erwischt sich, wie er abdriftet und der schwarzen Ferne verfällt, dabei hat sie noch so verdammt viel zu erzählen. Also lässt er sie.

„Was macht denn dein Vater bei all dem?", fragt er nach einer Weile.

„Tja, was machst du, wenn du eine Frau liebst und zuschauen musst, wie sie sich selber vor die Hunde wirft? Er stellt sie zur Rede. Er schreit sie an, wenn er sich nicht mehr zu helfen weiß. Schleppt sie zum Arzt. Nimmt sie in den Arm. Tröstet sie. Hofft. Wird enttäuscht. Schüttet das Zeug weg. Kontrolliert ihr Geld! Du siehst das und kannst es nicht fassen, weil, du kennst so was ja nur aus irgendwelchen Filmen. Oder aus dem Fernsehen. Und dann passiert es. Vor dir. Um dich herum. Immer. Den Film kannst du ausschalten, aber das hier geht weiter, verstehst du, es hört nicht einfach so auf. Wie eine Endlos-Soap. Er liebt sie. Und so muss es auch bleiben, und irgendwie ist das ja auch richtig. Er darf sie nicht aufgeben. Denn ich kann langsam nicht mehr, und wenn der sich verpisst, und damit hat er auch schon oft genug gedroht, dann stehe ich alleine da mit ihr."

„Und wenn du doch einfach ausziehst? In die Nähe oder so?" Er kommt sich plötzlich vor wie auf einem Seminar: Der behütete Mann am Ufer als problemlösendes Wesen.

„Natürlich könnte ich mir das leisten. Ich hab 'nen Job, das krieg ich schon irgendwie hin. Aber dann steht mein Vater allein mit ihr da. Das kann ich irgendwie auch nicht. Es gibt dafür keine Lösung, glaub's mir! Jedenfalls hab ich noch keine gefunden, und ich rechne schon zu lange an dieser Aufgabe herum."

Er stellt sich plötzlich vor, dass sie bei ihm einziehen könnte. Der Gedanke gefällt ihm, weil er einfach so da ist, ein Mach das doch einfach ohne irgendeinen Hintergedanken. Aber das kann er sie nicht fragen. Nicht jetzt.

„Bist du dann einfach so gegangen, nachdem sie mit der Flasche nach ihr geworfen hat? Hat sie noch was gesagt?"

„Ich habe ihr eine geknallt." Tränen treten aus ihren Augen. „Ich bin auf sie zu, habe ihr ins Gesicht geschrien und ihr eine gescheuert. Volles Rohr." Sie schaut ihn fest an: „So, und jetzt bist du komplett im Bilde. Ich habe meiner Mutter eins in die Fresse gehauen."

Sie starrt in die schwarze Ferne.

„Manchmal komm ich mir vor, als sei ich die Mutter. Und

sie das kranke Kind. Und dann knalle ich ihr auch noch eine. Ich hab nicht mal eigene Kinder und bin schon eine schlechte Mutter. Super, oder? Nee, das ist krank, das ist richtig krank, weißt du das?“

Er schweigt. Sie scheint froh darüber: „Es ist schön, wie du mir zuhörst.“

Sie greift seine Hand, und da merkt er erst, dass sie die ganze Zeit gleich neben ihrer gelegen hat. Er zuckt unwillkürlich zurück, aber nicht weit genug, um sich ihrer zu entziehen, sie fasst leicht nach, schaut ihn fest an. Er spürt ein Kribbeln in seinen Fingern, wie wenn man in einer Dampfgrotte kurz mit dem ganzen Körper ins eiskalte Abkühlbecken eintaucht und dann ganz langsam, fast wie in Zeitlupe, zurückschleicht ins Solebecken, das einem nun so viel heißer erscheint.

„Wir sollten vielleicht öfter reden, wenn wir nicht total besoffen sind. Lass uns noch ein Stück gehen, ja Max?“

Er schaut ihr in die Augen, hievt seinen Daumen unter ihrer Hand hervor und streicht sanft über ihre. „Es gibt einen Song von Nick Cave. Keine Ahnung, warum der mir jetzt gerade einfällt. Der passt irgendwie, jetzt, so, hier, Gott, wie heißt der denn ...“

„*Sweetheart come*? Du meinst *Sweetheart come*, oder? Ich liebe Nick Cave.“

Dann nimmt sie seine Hand und steht langsam auf.

Walk with me now under the stars
It´s a clear and easy pleasure
It seems we can be happy now
Cause I love you without measure
Sweetheart come, come to me

„Mann, Alex, wo guckst 'n du hin?" Der dicken Ina reicht es. Sie spielen seit fast zwei Stunden ununterbrochen, bislang lief es so halbwegs, aber jetzt läuft gerade alles schief. Drei null für Peter und Britt. Geht gar nicht. Verlieren gegen die beiden, das kennt man ja, das war ja nie anders, aber doch bitte nicht so. Die letzte Nacht, und dann drei Schüsse und drei Treffer in einer Minute? Ina muss handeln: „Geh du nach vorne. Ich mach hinten."

„Zu Befehl." Alex übernimmt Mittelfeld und Angriff, Ina stellt Abwehr und Tormann neu auf. Ina-like eben.

Peter und Britt schauen sich an, klatschen ab, Einwurf. Im Mittelfeld kommt Peter an den Ball. Klack, klack, er passt zum Nebenmann, Steilpass in die Spitze, Schuss und – gehalten!

„Ha!", grölt Ina und der Schweiß perlt auf ihrer breiten Stirn, wo sich ein hartnäckiges Mitesserquartett von innen nach außen arbeitet. Aber sie hat jetzt keine Zeit, aufs Klo zu gehen, denn sie wirft gerade ein. Es geht ratzfatz: Steilpass auf Alex im Angriff, schneller Wechsel in die Mitte, Schuss, Tooor!

„Drei eins, ihr Säcke!", johlt Alex, während drum herum alles klatscht. Einwurf Peter. Fehlpass. Aus dem Hintergrund müsste Ina schießen, Ina schießt … drei zwei für Dick & Dünn! Peter ist bedient. „Mann, Britt, was machst du denn? Aus fuffzig Metern zieht die da ab, und du lässt den rein!"

„Mach mal halblang, ja, wo ist denn dein Mittelfeld?"

„Das ist schon da, wo's hingehört, glaub ma."

Peter hat sich betäubt. Seine x-te Flensflasche steht halb leer am Tisch, er bildet mit Britt wieder das Kicker-Dream-Team. Eigentlich. Im Moment schwächeln sie ein bisschen. Sie sind wie Tanzpartner: dicke Freunde, aber kein Paar, und doch ein ziemlich gutes Duo. Jede Woche zocken sie hier unten, seit Jahren schon, immer wieder mal kommt ein Frischling und will auch mitmischen, den lassen sie dann auch ran und schicken ihn zu null nach Hause und gut is.

Aber Ina und Alex haben über die Jahre aufgeholt, da gibt es mal nix. Da ist Obacht geboten.

Beim sieben zu sieben wird es Peter langsam mulmig. Er und Britt sind die Exit-Kicker-Macht, seit Dekaden, daran wird sich auch in dieser Nacht garantiert nichts ändern. Es darf sich nichts ändern. Und da ist der Spaß dann auch langsam mal vorbei.

„So, Frollein, jetzt ist aber gut, oder? Das letzte Mal sieben Stück gekriegt haben wir vor Jahren, damals gegen den Liver. Da haben wir sogar auch ein mal eins vor den Arsch gekriegt. Aber jetzt reicht es!"

„Ja, dann schieß mal da vorne ein paar Dinger rein, anstatt alles an Ina zu verballern. Und ich bin nicht dein Frollein, ja?"

„Also, los jetzt."

„Na, was ist? Traut ihr euch nicht mehr?" Ina schaut sie provokant an.

„Pass auf, Ina, wie wir uns trauen!", raunzt Peter zurück.

Einwurf Britt, Pass nach hinten, Rückgabe zum Tor. Langer Abschlag, Störfeuer im Mittelfeld. Alex funkt kräftig dazwischen. Querpass, Schuss, Tooooor! Acht sieben für Alex und Ina.

„Scheiße, Maaaannnnn!“ Peter hämmert so fest mit der Hand auf den Kickertisch, dass sie schmerzt. Er leert die Flensflasche in einem Zug. Die Masse drum herum schaut gebannt auf das Quartett am Tisch.

Britt nimmt Peter zur Seite. „Hör mal, das ist hier ein Spiel, okay? Mehr nicht. Geht hier nicht um dein Leben, ja?“

„Doch, geht's.“

„So'n Scheiß. Ich hör echt gleich auf, wenn du dich nicht zusammenreißt.“

Er sagt nichts. Sie schaut ihm in die Augen. „Schon vergessen? Wir verlieren nie, Peter, okay? Also, ran jetzt.“

Peter nickt. „Zieht euch warm an, ihr Mädchen!“

„Huh, wir zittern schon“, johlt Alex.

Doppelschlag von Peter, zwei blitzschnelle Schüsse aus dem Mittelfeld, neun acht.

Auszeit Ina.

„Gibt keine Auszeit hier!“, ruft Peter und grinst.

„Schnauze! So, Alex, jetzt hör mal zu: Wir tauschen noch einmal. Ich geh nach vorne.“

„Bist zu bekloppt?“ Alex tippt sich an die Stirn. Dann, nach einem kürzen Zögern: „Ach so, verstehe, du willst Peter gewinnen lassen, damit er hier nicht alles kurz und klein schlägt? Dann sag's doch gleich. Möchte sowieso mal wissen, was mit dem heute los ist.“

„Letzte Nacht halt.“

„Ach, letzte Nacht, letzte Nacht. Für uns vielleicht nicht, oder was?“

„Pass auf, Alex: Wenn wir jetzt tauschen, denkt er, die Hütte steht offen. Er wird viel zu früh schießen. Den einen

Ball musst du dann halten, direkt nach vorne schieben und ich mach ihn rein. Und dann steht's neun zu neun, und dann geht dem die Muffe, das schwör ich dir."

Alex seufzt. „Na schön."

Ina quetscht sich an Alex vorbei und übernimmt den Angriff. Alex geht nach hinten, packt zu und grinst Peter an. Der grinst böse zurück: „Ihr gebt also auf? Ich brauch aber keine Almosen von euch, ich gewinn auch so."

„Dann mach ma."

Paul

Für einen ganz kurzen Moment versucht er, Max zu finden, aber der ist wohl irgendwann verschwunden. „Aber ich bin wieder da", sagt er zu sich selbst und schiebt sich zwischen Körpern jedes Formats hindurch zur Bar.

Sie bedienen jetzt zu viert, so voll ist der Laden, sie stellen Wodka Redbull hin und Heineken und Desperados und ein paar Kurze und manchmal auch eine Cola, aber vor allem stellen sie Flensflaschen hin und die ploppen dann um die Wette. Er hat schon siebenmal geploppt und er wird weiterploppen, das steht mal fest.

Elli. Er fixiert sie: Sie passt so sehr hier rein wie Vossi und Uwe und Wolfgang und Witold und die Boxen und der Teppich und der Kicker und überhaupt so viele. Sie ist so echt. Sie hat diesen leichten Silberblick, und immer, wenn sie einem das Bier hinstellt und „zwei fünfzig bitte" sagt, dann schaut ein winziger Teil ihres linken Auges an einem vorbei, so scheint es. Er selbst schaut gerade auf ihren Ausschnitt, auf die helle, von jeglichem Schmuckblödsinn befreite Haut, auf ihre nackten Schultern, dann auf ihren linken Arm und auf das Tattoo, das bis zum Handgelenk hinunterreicht, und er stellt sich vor, wo dieses Tattoo sonst noch so hinführt. Er blickt kurz zu Meik rüber, der immer noch auf der Couch hockt und ihn wie besessen anstarrt und heftig mit dem Kopf schüttelt, aber das stachelt Paul nur noch mehr an. Jetzt steht sie vor ihm.

„Und du? Noch eins?"

„Du bist Elli, oder?"

„Ja, bin ich. Noch 'n Flens?"

„Elli, du bist eine verdammt schöne Frau."

„Willst du lieber doch keins? Lieber 'n Wasser? Soll ich dir 'n Wasser bringen? Oder 'ne Cola?"

„Hast du einen Freund, Elli?"

„Junge, schau dich ma um. Siehst du was? Ja? Genau! Sehr voll hier drin! Neben dir stehen noch acht andere, die hätten gerne auch was bestellt. Also?"

„Also hast du keinen Freund?"

Sie seufzt, fast mitleidig der Blick, diese Nummer hatte sie heute schon ein paar Mal, und Ignorieren hat bisher ganz gut geholfen. Sie wendet sich an den großen Typen neben ihm.

„Und du?"

„Heineken", brummt der Riese, locker zwei Meter groß, seine dunkelbraune Matte ungefähr halb so lang, er gehört zu jener Sorte Kerle, die in ihren Jeansjacken voller Metal-Flicken so aussehen, als könnten sie mit den Händen Steine spalten, und dann sind sie Mathelehrer.

„Und, was machst du so, beruflich?", fragt er den Riesen.

Der beugt sich zu ihm herunter. „Ich bring Idioten um, die meine kleine Elli hier dumm anmachen. Und du?“

Paul betrachtet den Riesen, legt den Kopf schief, dann grinst er ihn schief an. „Neeeee, machst du nicht! Jetzt mal im Ernst, Riese. Komm, lass mich mal raten: Finanzamt? Nee, warte: Steuerberater? Sag nicht Lehrer!“

Elli bringt dem Riesen das Bier, die beiden schauen sich wissend an, tauschen ein Lächeln aus, der Riese wendet sich wieder an Paul: „Pass auf dich auf, Junge.“

Die Flut ist verebbt, Vossi lässt Hubschrauber einfliegen, der Riese erkennt es, zieht das Heineken in einem Zug weg und pflügt sich durch die Massen, die zwischen Bar und Tanzfläche stehen, er scheint das zu dürfen, denn keiner beschwert sich, und als *One* so richtig beginnt, weil Vossi einfach noch mal Metallica spielt, da vergisst der Riese, dass es ein Morgen geben wird. Paul schaut ihm einen Moment lang versonnen nach. Max ist auch so. Der geht auch mitten im Satz einfach weg, auf die Fläche, wenn der richtige Song kommt. Er sagt dann „bis gleich“ und es kommt noch ein richtiger Song und noch einer und noch einer, und er sieht Max erst nach einer Stunde wieder, auf dem Klo. Oder am Ausgang. Auch das hat sich nie geändert.

Er trinkt weiter und schaut ihr schweigend zu.

Peter

Einwurf. Querpass, dann zurück auf Britt. Die gibt nach vorne. Peter müsste warten, Ina stellt ihm ein starkes Mittelfeld entgegen. Aber er wartet nicht. Er schießt. Ina fälscht ab, die Kugel kullert Richtung Tor. Alex ist zur Stelle, er wackelt, aber er pariert. Er stoppt den Ball, wartet kurz. Ein, zwei kleine Schieber, dann der Pass in die Spitze, von links schießt Ina, flach rechts in die Ecke, Toooor!

Der Tisch steht Kopf, es wird immer heißer, aus den Boxen dröhnt Metallica, und die Traube aus Leuten rund um die glorreichen Vier wird immer größer. Peter und Britt am Rande einer Niederlage: So was hat es seit Liver nicht mehr gegeben. Liver, der liebe Liver, der früher immer die offiziellen Kickermeisterschaften veranstaltete und damals schon alt aussah. Peter schließt die Augen. So war das nicht geplant hier. So nicht.

„Alles klar mit dir?"

„Lass mich in Ruhe, Britt."

„Nee, Peter, so nicht. Echt, dann hör ich auf. Ich muss hier nicht um jeden Preis ..."

„Apropos, Leute, um was spielen wir eigentlich?", fragt Alex und schaut Peter herausfordernd an.

„Wie bitte? Na, was setzt du denn ein, du Zwerg?"

Alex überlegt nur kurz. „Der Verlierer zahlt für den Rest des Abends. Und das wird ein verdammt großer Rest, das garantier ich dir."

„Ach Alex, du arme Socke. Weiß doch jeder hier, dass sie dich grade erst vor die Tür gesetzt haben in deiner Firma. Wie willst du denn das alles hier bezahlen?"

Alex zuckt zusammen, Ina will sich gerade um den Tisch zu Peter durchwühlen, aber Britt ist schneller und packt ihn an den Schultern: „So, jetzt hab ich aber die Schnauze voll hier! Das nimmst du zurück!"

„Einen Scheiß tu ich."

Britt dreht sich zu den anderen um. „Bitte, wer möchte von euch? Mir reicht's, ich bin weg."

Sie dreht sich weg, schnappt sich Tom, der die ganze Zeit hinter ihr gestanden hat, zwängt sich durch die anderen. Und ist verschwunden.

Peter schaut ihr kurz nach, dann rüber zu Ina und Alex. Sie kocht vor Wut, er leidet vor Scham.

„Also, Einsatz oder nicht?", fragt er die beiden.

„Schön", nickt Alex plötzlich, die Scham scheint wie weggeblasen. „Der Verlierer zahlt für uns. Für Britt, Tom, Ina, mich, dich. Saufen so viel sie wollen, es wird alles geblecht."

„Alex ..." Ina legt ihm ihre Hand auf seine schmale Schulter.

„Nee, lass ma, Ina. Wenn der Großkotz da es so will, dann bitte. Und jetzt such dir mal 'n Partner, oder willst du vielleicht lieber alleine ...?"

Peter zögert keine Sekunde. „Ja, will ich."

Die Menge raunt. Sie drücken sich gegenseitig an den Tisch, eine Meute, die dem unvermeidlichen Showdown entgegenfiebert.

„Du wirfst ein, Peter." Alex wirft ihm den Ball zu.

Peter lässt ihn einrollen, alles wirkt wie in Zeitlupe. Er kullert ganz langsam in die Mitte des Spielfeldes. Plötzlich dreht einer an der Geschwindigkeitsregelmaschine, jetzt geht alles ganz schnell. Er rollt Inas Nummer zehn vor die Füße, eine Drehung, ZACK, sie zieht voll ab, der Ball rauscht durch alles durch, vorbei an der Abwehr, vorbei am Torwart, Peter hat ihn kaum gesehen, da ist er schon wieder weg.

„Toooooor!“, brüllen gefühlte achtzig Kehlen. Ina umarmt Alex, alle brechen in Jubel aus. Die Meute applaudiert. Aber all das dauert nur eine Sekunde. Es ist die Sekunde, die Peter braucht, um das Tor zu registrieren, sich zum Tisch zu drehen und seine leere Flensflasche so fest gegen die Wand zu klatschen, dass sie in tausend Scherben zerspringt.

Die Jubelschreie sterben sofort ab, alle Augen fixieren Peter. Der hat wieder diesen Blick. Den Blick, den er schon einmal hatte, vor ein paar Monaten. Dieser Blick aus bösen Augen, den die anderen bisher nicht kannten. Den nur der Kerl kannte, dem er damals seine Faust ins Gesicht rammte, dann gegen die Brust, dann in den Magen, ehe er ihn mit Tritten so lange malträtierte, bis der Typ einfach nur liegen blieb. Er weiß nicht mehr, warum er es getan hat. Es gab keinen Grund, damals. Aber er wird dafür bezahlen. Am Montagmorgen, wenn sie alle wieder arbeiten, wird er dafür bezahlen. Es ist eine lange Rechnung.

Er schaut ihnen in die Augen, ganz kurz, dann packen ihn drei und schieben ihn durch die Menge nach draußen.

„Was ist denn jetzt los?“, fragt Witold. „Seid ihr die neuen Türsteher? Und du, Peter, alles locker?“

„Der braucht mal frische Luft“, antwortet einer und schiebt Peter weiter Richtung Tür. „Und wir brauchen da hinten Lappen und Besen. Da ist ’ne Flasche zu Bruch gegangen.“

„Lappen kann ich“, entgegnet Witold auf eine Weise, wie es nur Witold kann.

Max und Anne

Sie fährt einen Polo. In seinem Smart ginge das nicht, was hier drin wenigstens einigermaßen gehen könnte. Sie hat die Vordersitze so weit nach vorne geschoben, wie es eben ging, so haben sie beide Platz auf der Rückbank.

Sie hat Musik angemacht, die *Joshua Tree* von U2, die ersten Klänge von *I still haven't found what I'm looking for* ertönen. Es ist Musik, die einen Moment wie diesen hier ein bisschen größer zaubern soll, als er es eigentlich ist.

Sie hat sich neben ihn gesetzt, in seinen Arm, sie haben der Musik gelauscht, schweigend. Er hat sein Herz klopfen gehört, zu schnell, irgendwie ist das hier alles ein bisschen zu schnell gegangen, sie hatten doch eben noch geredet, es hatte sich alles richtig angefühlt, wieso sitzen wir jetzt hier in ihrem Polo? Und wieso hat er das Gefühl, dass es gleich Sex geben wird, geben muss, hier, am Ende des Parkplatzes, und wenn gleich einer vorbeikommt und mal 'nen Blick reinwirft?

Dann hat sie ihn geküsst. Sie hat ihn sich zurechtgeküsst, bis es halbwegs gepasst hat, und er hat zu allem Überfluss trotzdem gespürt, wie so etwas wie Lust in ihm aufgestanden ist, wie sein Körper nach mehr verlangt hat. Besser ein schlechter Kuss als gar keiner, und wie viele Monate ist das letzte Mal eigentlich schon her? Also lieber jetzt hier mit ihr als gar nicht.

Es ist alles ganz schnell gegangen.

Jetzt ist er in ihr und sie auf ihm, sie zieht seltsam schräg den Kopf ein, sie simuliert so was wie Leidenschaft, denn echt kann das nicht sein, was hier gerade abgeht. Ihre Haut schimmert hell im fahlen Schein einer Laterne, er erkennt kleine Sommersprossen auf ihren Schultern, er findet sie attraktiv, diese Sommersprossen, und auch die zarten, schmalen Schultern, aber es ist ihr Blick, der ihr allen Zauber nimmt, denn wie sie so auf ihm herumreitet, in unrhythmischen Bewegungen, und dabei die Augen zusammenkneift, da scheint sie weder bei ihm noch ganz bei sich zu sein. Sie ist weg. Als er ihren BH öffnet und dieser sanft von ihren Brüsten sinkt, erkennt er, wie unterschiedlich sie sind.

Ihre linke Brust ist zu klein geraten, zu oval, sie sitzt zu tief. Aber jetzt, da der Druck in ihm stärker wird, da will *(muss)* er sie irgendwie geil finden, und die kleine, linke Brust erscheint ihm lediglich als mickriger Makel, der, je nachdem, in welchem Winkel sie sich gerade zu ihm bewegt, zeitweise sogar verschwindet.

Sie hockt auf ihm und wiegt sich in den Stößen, die sie selbst ihm versetzt. Er wird hier gevögelt, nicht sie, aber das ist gleichgültig, bei seiner ersten Nummer seit werweiß-wann kommt es nicht auf die Verteilung der Hauptrollen an, Hauptsache jetzt, Hauptsache, der Film läuft und findet wenigstens einen Höhepunkt. Aber es ist kein Liebesfilm, und Action ist es auch nicht, eher ein Kammerspiel, ein Stummfilm-Kammerspiel mit völlig fehlbesetzten Figuren.

Warum sind sie nicht einfach am Ufer sitzen geblieben? Steht da noch was auf der Tagesordnung? Irgendwo im Kleingedruckten, unter dem Punkt Einander schlimme Dinge anvertrauen und sich dabei ganz gut verstehen? Hat da vielleicht noch einer den Punkt *Und jetzt noch schnell ein bisschen vögeln* hingeschrieben?

Er spürt jetzt, wie sie um einen Orgasmus kämpft, wie sie versucht, sich zu vergessen und die vielen großen Schatten, die um sie herum tanzen. Er legt den Kopf an die Rücksitzlehne und schaut sie an. Was denkt sie jetzt? Und an wen? An ihre Mutter vielleicht und wie sie ihr gerade eine langt? Oder an morgen, an gestern, an irgendwann? Stellt sie sich einen anderen Ort vor, einen anderen Mann, eine andere Zeit? Er will sie fragen, jetzt, mittendrin: „Anne, was machst du da eigentlich? Was geht da in dir vor? Was denkst du? Warum tun wir das hier?"

Er will jetzt einfach nur fertig werden. Er kneift die Augen zusammen, immer fester, und zwingt sich dazu, zu fühlen, wie er sich in ihr bewegt, sie streichelt, kitzelt. Wie er vibriert.

Genau, wie er vibriert. Wie das Lenkrad vom kleinen Smart auf der Autobahn, schießt es ihm plötzlich in den Kopf. Als sie es ist, die nach minutenlanger gefühlloser Rüttelei schließlich einen gequälten, heiseren Schrei ausstößt, da weiß er nicht, ob es Resignation oder Erlösung ist, und als sie plötzlich nach oben schießt und mit dem Kopf gegen die Decke knallt und gleich noch einmal stöhnt, aber diesmal nicht aus Lust, da schnürt sich ihm alles zu. Als ihr Körper feucht und kalt auf seinen fällt, sich ihre Hand in seinen Haaren vergräbt und sie schwer auf ihm atmet, völlig entrückt, da glaubt er, sie hätte es geschafft, aber er fragt nicht.

Sekunden später lässt sie von ihm ab, als sei ihr da grade was eingefallen, stimmt, der muss ja auch noch. Sie schafft es irgendwie, sich unter ihn auf die Rückbank zu legen, ihre Beine kommen am oberen Rand des hinteren Seitenfensters an, drücken sich dagegen, ihr Kopf hängt schief in der Ecke. Sie schaut ihn ungeduldig an, ein Jetzt-machschon-Blick, er ignoriert ihn, beugt sich über sie und macht irgendwie weiter, spürt, wie sein Becken ihren knochigen Unterleib rammt, fest und kantig, wie Holz auf Holz klingt das und es fühlt sich unangenehm hohl an. Er muss lächeln, als es passiert, aber er verbirgt es. Er hat das Gefühl, dass es hier nicht um Freude geht, sondern dass es nur eine Notwendigkeit ist. Danach liegen sie aufeinander, schwer atmend, schwitzend, allein. Keiner sagt ein Wort, aber ein Mief aus Falschheit erfüllt die Luft.

Die Stille schrillt in seinen Ohren. Er will weg. Er will wieder rein, will unter Menschen, will tanzen. Ja, er will tanzen, sofort, er will jetzt Pearl Jam und *Black* und vor allem will er die letzten zwei Minuten davon, er will das Gitarrenriff, und er will, dass sie nicht dabei ist, dass sie geht, einfach nach Hause geht.

Sie werden sich schweigend anziehen. Still werden sie ihren alten Polo verlassen, wo die Scheiben nicht von feuchter Lust beschlagen sind, sondern von schaler Rumhechelei. Sie wird Bono mitten im Refrain zum Schweigen bringen. Sie werden wieder zurückgehen. Jeder für sich, irgendwie schräg hintereinander her, und wenn sie reinkommen, wird Wolfgang ihnen einen seltsam schiefen Blick zuwerfen. Er wird irgendwas Aufmunterndes sagen, denn sie werden traurig aussehen. Antworten werden sie nicht. Vor den Klos werden sich ihre Wege trennen.

Paul

Elli.

Um mal wieder zur Sache zu kommen. Paul hat einfach dagesessen und gesoffen, eine Ewigkeit. Und gestarrt. Und weitergesoffen. Meik sitzt wie angewurzelt auf der Couch und quatscht jetzt andere Leute zu, die es nicht hören wollen, was immer er auch zu erzählen hat. Er hat sich vorgenommen, noch einen Versuch zu starten, als sie wieder in seine Nähe kommt. Diesmal will er sich Mühe geben. „Elli?"

„Nein."

Er winkt sie zu sich heran, bemüht darum, einfach freundlich zu lächeln. Sie seufzt und fügt sich ihrer Höflichkeit.

„Ich nehm dann noch 'n Flens. Und: Du bist wirklich eine wunderschöne Frau. Und ich würde dich gerne mal kennen lernen. Wirklich."

Schweigend dreht sie ab, und er berauscht sich an seinem Mut. Er wird das jetzt durchziehen. Von der Couch aus hat Meik ihn wieder ins Visier genommen, sein Blick wirkt immer noch so entsetzt. Paul schickt ihm ein abfälliges Grinsen.

„Macht dann zwei fünfzig." Er reicht ihr einen feuchtgeschwitzten Fünf-Euro-Schein. Sie nimmt ihn und verzieht das Gesicht.

„Geiler Song, oder?", ruft er ihr hinterher, „Metallica, geil!" Sie knallt ihm zwei Münzen auf den Tresen: „Und zwei fünfzig zurück. Prost."

Plopp! Ansetzen. Leer machen. Gefühlte zwanzig Sekunden. Und damit ein gefühlter neuer Rekord. Alles in ihm prickelt. „Noch eins!“

Sie macht große Augen. Steffi, die große, hagere künstlich Blonde, die das Bistro vorne verlassen hat und jetzt mit ihr und den Aushilfen die Bar schmeißt, bekommt es mit. Sie verliert langsam die Geduld: „Junge, jetzt mach aber mal halblang, ja?“

„Geht dich gar nix an.“

„Geht mich verdammt viel an. Und damit du’s kapierst: Ja, sie hat einen Freund. Und jetzt geh mal lieber ein bisschen an die frische Luft!“

Sie schreit es. So laut, dass sich Köpfe drehen. Gesichter haben ihn umzingelt, von jetzt auf gleich. Das ist mehr Aufmerksamkeit, als er gebraucht hat. Mehr, als er jetzt vertragen kann. Aber jetzt ist auch der Augenblick, wo es sowieso schon egal ist. Als sich Elli hinterm Tresen an ihm vorbeischlängelt und ihm kurz ihre Hüfte zuwendet, da packt er zu. Er krallt sich an ihr Handgelenk, dreht sie zu sich, sie schreit kurz auf, er zieht sie zu sich hin: „Jetzt hör mal, du Schlampe, was glaubst du eigentlich? Was glaubst du, wie du mit mir umgehen kannst? Und du da, du blonder Hungerhaken? Ihr hängt jeden Tag hier in diesem Scheißladen ab, ihr habt doch gar keinen Plan, worum’s geht! Schön mit dem Arsch wackeln hinterm Tresen und große Fresse haben!“

Als ihm im nächsten Moment der linke Arm auf den Rücken gedreht wird, hat er das Gefühl, er würde gerade gebrochen. Einer dreht ihn bis zu seinem Schulterblatt hoch, der Schmerz scheint alles zu zerreißen. Er lässt sofort von Elli ab, die Gesichter, die ihn fixieren, haben sich vervielfacht. Nur auf der Fläche sind sie in den Song vertieft, *One* geht ins Finale, und so was erlebt Paul hier auch gerade, ein Finale, denn das war's jetzt für ihn.

Schemenhaft nimmt er Meik wahr, der resigniert die Augen schließt und sich mit der Hand durch die Haare streicht.

Dass Elli schon vor fünf Minuten den Thekenalarm betätigt hat, dass sie so eine Nummer hat kommen sehen, weil sie ihre Pappenheimer ziemlich gut kennt, weiß Paul nicht. Dass Jens schon eine ganze Zeitlang hinter ihm steht, um mal zu schauen, wie weit das denn hier wohl noch gehen wird, auch nicht. Es ist weit genug gegangen, und jetzt geht es Richtung Tür und Paul schreit vor Schmerz, als Jens ihn durch die Massen vor sich herschiebt und den Arm in eine Region dreht, wo er bisher noch nicht gewesen ist.

„Mann, da kommt ja schon der Nächste. Ist ja wie im Taubenschlag hier", kommentiert Witold, als Paul vorgeführt wird. „Dich kenn ich doch auch! Warst aber lange nicht mehr da. Früher doch immer und dann gar nicht mehr, oder? War wohl heute 'n Flens zu viel? Bisse nix mehr gewohnt oder was?"

Wolfgang steht nur mit verschränkten Armen neben ihm und grinst Paul schweigend an.

Der kommt sich vor wie vor einem Gericht. Er schaut von einem zum anderen. Bei Jens bleibt sein Blick hängen. „Die gehört also zu dir. Du bist Jens."

„Richtig. Die gehört zu mir. Und wenn du die einfach mal in Ruhe gelassen hättest, wär dir das hier erspart geblieben. Und jetzt: Schöne Nacht noch."

Aber Paul bleibt einfach stehen.

„Hallo? Ich sagte: Mach es gut!"

„Nein, du sagtest: Schöne Nacht." Er schaut Jens scharf an. „Aber die wird nicht mehr schön, die hast du mir ja eben versaut. Und wegen dem Arm, das hat noch ein Nachspiel, das schwör ich dir."

Sie lachen los, als hätte er einen Witz gemacht, so einen richtig guten, mit dem keiner mehr gerechnet hat, mit einer absoluten Kracherpointe.

„Hör mal, Junge", beginnt Wolfgang fürsorglich und tritt ein Stück auf ihn zu, „morgen früh gibt es hier überhaupt nix mehr. Keine Musik und kein Flens und auch kein Nachspiel."

Paul sieht, wie sich Witolds Blick plötzlich verfinstert. Paul schaut ihn abschätzig an. „Stimmt, morgen ist ja hier Feierabend. Schade aber auch. Und du, Witold? Springst du dann von der Brücke? Was machste denn dann? Stimmt, ich war ein paar Jahre nicht mehr hier drin, ich hab auch mal was anderes gesehen, im Gegensatz zu euch. Lass mich mal raten: Du warst jeden Abend hier, oder? Schlimm, wenn man so gar nix anderes hat. Dann haste nämlich irgendwann überhaupt nix mehr."

Witold schaut ihn lange schweigend an. Paul versucht diesen Blick zu deuten, es wirkt für einen Moment so, als wolle er sich erklären. Aber dann sagt Witold nur: „Ist ja gut, Paule. Wenn du meinst."

Paul hätte es wohl lieber gesehen, wenn Witold wie ein Gnom mit Nackenmatte ausgeflippt wäre, aber das passiert nicht. Jens will ihn gerade beim Kragen packen und unsanft an die frische Luft befördern, da fasst ihm Witold an den Arm: „Komm, jetzt hört mal auf hier. Wir sind doch gerade dabei, uns wieder zu vertragen, oder? Oder siehst du das anders, Paul? Willste lieber noch ein paar dumme Sprüche machen? Komm, mach mal, ich kenn doch so wenig."

Wieder müssen sie lachen, alle drei, so was wie das haben sie hier schon tausendmal erlebt, und plötzlich begreift Paul, wie klein er ist, wie unbedeutend und wie viele Meilen diese drei von ihm entfernt sind. In ihrem Zirkus ist er nur ein kleiner Clown, der in den Pausen mal für ein Witzchen gut ist. Aber die Pause ist vorbei und der Clown muss gehen.

Also geht er. Draußen läuft er an ein paar Leuten vorbei, die freiwillig dort sind, und an Peter, der es nicht ist und ihm nur zunickt, während er eine raucht beim Versuch, sich ein bisschen runterzukühlen.

Paul spaziert ins Nichts hinein, und nach ein paar Schritten umklammert ihn die Dunkelheit. Dass sein ehemals bester Freund gerade ein Stückchen weiter in einem alten Polo gehockt und eine Nummer mit einer Frau versaut hat, die er selber auch mal irgendwie ganz toll fand, ahnt er nicht. Aber er wünscht ihn jetzt neben sich.

Er wünscht auch, er hätte diese sieben Jahre nicht erlebt. Am Tag nach seiner letzten Exitnacht lernte er in der Kantine Sonja kennen, in der Schlange beim Mittagessen, es gab Cordon Bleu, sie war es, die ihn anquatschte, sie aßen zusammen, und in der folgenden Nacht schliefen sie zusammen, und nach einem Jahr zogen sie zusammen. Er fragte sich nie, ob das alles so richtig war, denn Sonja hörte Klassik und Jazz und er Alternative und Hardcore. Sonja trank nie, er bis dato jeden zweiten Abend, sie wünschte sich drei Kinder, er sich keines, Sonja wollte ein Haus mit Garten, und er hatte noch nie einen Rasenmäher geschoben, und je mehr Unterschiede er entdeckte, desto intensiver redete er sich ein, dass sich Gegensätze ja anziehen. Und weil ihre Eltern wirklich ausgesprochen nett waren und seine eigenen gleichzeitig total auf Sonja abfuhren, wuchs seine Überzeugung, dass das so auch alles richtig war. Denn Sonja machte aus ihm einen besseren Menschen. Er hörte auf zu trinken, er ging mit ihr ins Theater, sie schenkte ihm Bücher, meist Klassiker, er las sie. Sie heirateten an einem heißen Augustwochenende, und im September wurde sie schwanger, und kurz vor der Geburt, knapp zwei Jahre nach dem folgenreichsten Cordon Bleu seines Lebens, da überrollten ihn diese zwei Jahre wie eine Riesenwelle voller Lügen. Er lebte das Leben seiner Frau. Es war nicht seins.

Peter

Dass er da gerade wieder mal Mist gebaut hat, ist ihm schon in dem Moment klar geworden, als die Flasche an die Wand knallte. Er weiß nicht, woher diese Aggressionen immer kommen. Früher waren die nicht da. Aber wenn sie einmal entzündet werden in ihm, wie ein Feuer, dann wird daraus ein Flächenbrand. Dann gibt es auf der Welt keine Freunde mehr. Als die Flasche zerbrach, war es sofort wieder gut. Das Feuer war gelöscht.

Er raucht draußen zwei Kippen, dann geht er wieder rein. Witold begrüßt ihn. „Ah, da kommt einer wieder. Na, runtergekühlt?"

Er nickt Witold zu, marschiert in die Hitze zurück, aber

er will nicht mehr zu den anderen. Er kann nicht zurück zum Kickertisch.

Bei Susann, die heute Abend echt schlecht aussieht, wie er findet, holt er sich das nächste Flens. Er arbeitet sich zur Tanzfläche durch und schaut der Realschulfrau zu. Uwe ist dran, er spielt *Nobody´s Wife*, und bei Anouk tanzt die Realschulfrau immer.

Irgendeiner grüßt ihn, der hat vorhin nicht beim Kicker gestanden, er tauft ihn Kurt, weil ihm der Name wieder nicht einfällt, immer diese verdammten Namen. Er kennt die meisten Typen hier, und viele kennen ihn. Immer wenn Anouk läuft, beginnt die Glotzerei. Ein Frauensong, auf den fast nur Frauen tanzen, sehr, sehr nette Frauen, wie er findet, und dann stehen sie da am Rand und glotzen sie an. Nuckeln an ihrem Bier, labern Belangloses, tun so, als unterhielten sie sich wirklich, und scannen alles ab, was sich bewegt. Er fixiert nur die Realschulfrau.

Ihren wahren Namen kennt er gar nicht, aber er hat sich, das muss locker anderthalb Jahre her sein, mal ein paar Minuten mit ihr unterhalten. Bis über ihre Realschulzeit sind sie nicht hinausgekommen, denn dann hat Vossi einen geilen Song gespielt und weg war sie. Mitten im Satz. An guten Abenden ist es gar nicht einfach, nur zu reden.

Nach dem Song stand sie woanders, kuschelte mit einem rum, er zog seine Schlüsse, seitdem heißt sie Realschulfrau.

Die ist immer da, und wenn sie tanzt, findet er sie auch immer unverschämt geil. Unter ihrem schulterfreien, weißen Top trägt sie gar nichts, und kleine, runde Brüste wippen auf und ab, während sie ihren Kopf langsam hin und her wiegt.

Er stellt sein Bier ab und kämpft sich auf die Fläche. Beginnt zu tanzen zu einem Song, den er eigentlich hasst. Er stellt sich neben sie, lächelt sie an, aber sie nimmt ihn gar nicht wahr. Sie hat die Augen geschlossen, ist tief in den Song versunken, völlig weg. Er tritt hinter sie, nah, näher, berührt ihre Hüfte. Sie tanzt einfach weiter, so, als spüre sie es nicht, als sei es ein Versehen von jemandem gewesen. Da legt er seine Hände an ihre Hüften und drückt sie an sich. Eine Hand schnellt nach oben, verdammt nah an ihre Brust. Sie fährt herum, blickt ihn völlig entgeistert an, aus großen, dunklen Augen, aber noch ehe sie etwas sagen kann, überhaupt etwas tun kann, da reißt ihn von hinten jemand weg, es geht so schnell, dass er kaum weiß, wie ihm geschieht, und dieser Jemand schleift ihn durch die Menge durch, einige drehen sich um, wundern sich: Seltsam, der Typ ist doch schon mal an mir vorbeigeschoben worden.

Wieder kommt er draußen bei Witold an. „Ach, du schon wieder", ruft der ihm zu. „Das ging ja schnell."

Wolfgang stutzt. „Wieso? Ist der heute schon mal rausgeflogen?"

„Ja, aber da warst du grade auf'm Klo. War noch vor dem anderen da."

„Ah so. Schade, hätt ich gern gesehen."

Der Jemand stößt ihn so heftig durch die Türe, dass er stolpert und auf den Asphalt stürzt. Der Jemand gibt aber keine Ruhe, er beugt sich über ihn, packt ihn am Kragen und schreit: „Wann hast du eigentlich mal die Nase voll? Bist doch eben schon rausgeflogen, nach dieser Flaschennummer, hab ich doch gesehen. Und jetzt machst du hier meine Freundin an …"

„Ach, das war deine …"

„Ja, das war meine. Und das müsstest du eigentlich ziemlich gut wissen, denn du bist ständig hier und wir auch, also was soll das?"

Er rappelt sich auf, hockt sich hin, wischt sich den Schmutz von Armen und Beinen und reibt sich die Augen. „Ich weiß es nicht."

„Was?"

„Ich weiß es nicht. Ich weiß überhaupt nicht, was ich hier eigentlich mache." Er kauert wie von allem verlassen da, und der Jemand fühlt sich plötzlich unbehaglich. Er lässt von ihm ab und hilft ihm hoch. „Ich bin Sven."

„Peter."

„Was ist dein Problem, Peter? Ist doch alles gut. Letzte Nacht, geniale Musik, alle gut drauf. Was soll dann der Scheiß hier?"

Aber Peter dreht sich weg und antwortet nicht mehr. Er geht über die Straße, setzt sich auf den Bordstein am anderen Ende und weint. Sven geht ihm nach.

„Was? Und jetzt heulst du auch noch? Na wunderbar."

Sven schaut Peter noch einen kurzen Augenblick beim Weinen zu, als warte er auf etwas, aber Peter heult nur, also dreht er sich um und geht wieder rein.

Max

Er fühlt sich plötzlich wie befreit. Er ist wieder mittendrin, auf seinen Fliesen, zwischen seinen Leuten, er kann nicht so tanzen wie er möchte, er muss sich zurücknehmen, denn sonst schlägt er hier reihenweise Zähne aus, aber egal, passt schon. *Paradise City* ist verdammt schnell, und er muss da verdammt noch mal mit, sodass ihm der Schweiß aus allen Poren rinnt zwischen all diesen Menschen, ihren Gesichtern, ihren Körpern, ihren Bewegungen.

Da sind die Hosenstreichler, die voller Inbrunst und garantiert im Takt ihre Oberschenkel massieren, die Fischnetzeinholerinnen, die mit ihren Armen jedem, der vor ihnen steht, fast die Augen ausstechen, die Zigarettenaustreter, die so viel herumstampfen, dass man ihnen ruhig eine brennende Kippe zwischen die Beine schmeißen kann. Und die Ventilatorfrauen und -männer mit ihrem effektiven Tanzminimalismus: Stehen bleiben, nach vorne beugen, Haare auf und dann immer schön im Kreis. Egal, wie voll es ist. In Augenblicken wie diesen öffnet er die Augen, die er sonst beim Tanzen fast immer geschlossen hält, um die Musik besser spüren zu können, und er schaut sie sich an, wie sie im Song versinken, wie sie ihre Eitelkeiten über Bord werfen, wie sie plötzlich zu sich selbst zurückkehren, und alles erscheint ihm auf einmal so ruhig und so richtig inmitten dieses Chaos.

Sie sind alle da, die Figuren und Gestalten, die diesen Laden hier ausmachen, denn sie sind der Laden. Latex-Uschi, der eigentlich ein Kerl ist, aber gefühlt eher nicht, und dessen Theatralik fast an eine Parodie grenzt, aber er gehört hier rein, es ist seine Bühne. Genauso wie Crow, Max hat keine Ahnung, wie der wirklich heißt, irgendwann hat ihn mal einer so genannt, diesen blonden Riesen im schwarzen Ledermantel, der einfach nur mittendrin steht, wie eine Statue.

Der Schweiß rinnt Max in die Augen. Er schließt sie wieder, wartet, bis das Salz herausgelaufen ist, öffnet sie erneut, der rotbraune Boden unter ihm ist voller Tropfen. Lichter und Blicke rasen wie Blitze vorbei, ein Flackern aus blauen, grauen, braunen, schwarzen Augen, manche treffen ihn ins Mark, dann lächelt er, ganz unwillkürlich. Ich bin wie du, rufen ihm die Blicke der anderen zu,

und ich auch
und ich auch
und ich auch.

Eine Hand touchiert seine Hüfte, eine wild gewirbelte, braune Haarmähne streift seine Stirn, ein Hauch von Parfüm umweht ihn.

Und er ist einfach nur da und lächelt.

Paul

Er steht am Ufer und lauscht dem leisen Plätschern der Wupper und erinnert sich, wie Max zum ersten Mal Sonja sah. Nach zwei Wochen stellte er sie ihm vor.

„Und?", fragte er ihn am nächsten Tag.

„Das ist nicht dein Ernst", gab Max zurück.

„Was soll das denn jetzt heißen?", fauchte Paul. „Was maßt du dir denn an?"

„Du hast mich gefragt", antwortete Max und blieb ganz ruhig. „Dann frag mich nicht, wenn du die Antwort nicht vertragen kannst. Aber das kann nicht dein Ernst sein. Die ist lieb und nett, wirklich. Und genau deshalb total falsch."

Paul legte auf und versenkte eine Freundschaft, die bis

dahin alles überstanden hatte. Sie hatten zusammen gefeiert und gesoffen, gevögelt und gekifft, getrauert und getröstet. Sie hatten gerockt.

Bis das Cordon Bleu und mit ihm Sonja kam. Wenn er in jener Zeit einen von früher traf, einen aus dem Exit, dann ertappte er sich dabei, wie er sich entschuldigte. Nee, tut mir leid, ich lebe jetzt ganz anders. Ich geh da nicht mehr hin, das ist nichts mehr für mich. Der Kleine war ein Jahr alt, als Paul für seine Versicherung ins Ausland musste. Sie waren zu viert und sie entdecken einen Laden, einen kleinen, alten Rockschuppen, und sie tranken dort und feierten bis um vier und am nächsten Morgen pennten sie im Seminar fast ein, aber er hatte eine Art von Glück gespürt, das ihm abhandengekommen war. Ein Glück, wie es ihm nicht einmal ein Lächeln des Kleinen schenken konnte, den er eigentlich nie gewollt hatte, aber doch aufrichtig liebte. Doch jene Freiheit, einfach in die Nacht hineinzuleben, nicht an die sieben Millionen Pflichten zu denken, die man ihm jeden Tag auferlegte, die sie ihm auferlegte, die erfüllte ihn ganz und gar.

Er wollte sie zurückhaben, diese Freiheit, es wieder spüren, dieses Glück. Nach seiner Rückkehr verließ er sie. Den Kleinen hat er nie mehr gesehen, und in Momenten wie diesem spürt er die Leere und den Schmerz des Verlusts. Er hat ein Kind in sein Leben gelassen und es dann einfach wieder daraus entfernt. Sie ging weg mit dem Kleinen, weit weg, und er hat nie wirklich gesucht. Der Verlust des Kleinen hat ein Loch gerissen.

Danach vögelte er sich durch die Welt, er trank, er zockte, schmiss seinen Job, fand einen neuen, stieg in der Firma auf, malochte sechzig Stunden die Woche, verprasste seine Kohle wieder, fuhr fette Autos, ging in zig andere Läden, aber nicht wieder ins Exit, suchte Sinn und fand nichts. Nur zweimal hat er eine Frau seitdem für länger als drei Nächte in sein Leben gelassen, aber beide Male fing es schnell an zu kippen, sie sägten an seiner Freiheit herum, das durften sie nicht, also ließ er sie fallen, tief fallen, von einem Moment auf den nächsten.

Max bekam all das nur aus der Ferne mit, die beiden Freunde fanden zwar wieder ein Stückweit zueinander, aber seit dieser Sache mit Sonja ist zwischen ihnen ein Abgrund geblieben, bis heute.

Etwas ihn ihm hat die Nacht, bevor das alles begann, für vieles verantwortlich gemacht. Jene Nacht, in der er Elli nicht ansprach, für die es damals sicher noch keinen Jens gab. Er erinnert sich, dass sie ihn anfunkelte mit ihren Silberblick-Augen, ihm ein Lächeln schenkte, das mehr als nur Höflichkeit bedeutete, aber er blieb starr, wie angewurzelt.

Jetzt sind sie alle weg, so fühlt sich das gerade an.

Nein, nicht alle. Er hört Schritte hinter sich und zuckt kurz zusammen. Dreht sich um. Sieht Meik, der hinter ihn getreten ist. Auf dem Arm das Abschleppseil, in jeder seiner Jackentaschen eine Flasche Flens.

„Da bist du ja. Also, ich geh jetzt hoch. Was ist, kommst du mit?"

Paul, der kinderlose Vater, und Meik, der überlebende Lebensmüde, stapfen also, irgendwann nach eins, abgefüllt mit zusammen fünfzehn Flaschen Flens und bepackt mit zwei weiteren, einen steinigen dunklen Waldweg hinauf, um auf die Müngstener Brücke zu klettern. Aber Meik hat ja an alles gedacht, eine Mini-Halogenleuchte weist ihnen die Richtung, immer nach oben, da kann man ja nicht viel falsch machen. Meik quatscht unaufhörlich, er macht seinen eigenen Soundtrack, von unten aus dem Tal dringt anfangs noch ein leichtes Wummern nach oben, später dann nichts mehr.

Er sieht die Bäume vierfach. Sie strecken ihre Äste aus, sie greifen nach ihm, riesige Pranken, die ersten werfen ihr Laub schon weg. Der August kündigt den Herbst an. Aber seine Sinne sind so taub wie Beethovens Ohren, als er die Unvollendete begann. In seiner Hand baumelt das Flens, schon halb leer, und er ist schon viel mehr als halb voll.

Paul nimmt irgendwie teil an einem Gespräch, das Meik eigentlich nur mit sich selber führt, und er hält sich mit ein paar Mmhs und Oohs über Wasser. Als Meik ihm sehr detailreich beschreibt, wie sein Vater ihn das erste Mal beim Masturbieren erwischt hat, ringt er sich ein „Ach!“ ab, als er dann ausführt, wie er selbst seinen Alten beim Sex mit irgendeiner Braut von der Straße oder so erwischt hat, ergänzt Paul ein „Na sowas!“, und als Meik ihm berichtet, wie er gleich am zweiten Tag beim Abschleppdienst einen Rentner umgenietet hat, aber der sei ja mit einem angebrochenen Bein davongekommen und er habe seinen Job zum Glück behalten dürfen, bringt Paul sogar ein „Ist ja ein Ding!“ hervor. Meik fühlt sich erhört, verstanden, und deshalb redet er einfach weiter. Es dauert eine Ewigkeit, bis sich plötzlich, wie aus dem Nichts, ein gigantischer, steinerner Fuß des uralten Stahl-Kolosses in die Höhe erhebt. Meik leuchtet nach oben, und jetzt spürt Paul endlich wieder eine tiefe Empfindung: Ihn durchfährt ein eisiger Schauer. Meik schaltet die Lampe aus, legt das Abschleppseil auf den Boden und lehnt sich in der Dunkelheit an die Steinwand des Pfeilers.

„Wusstest du, dass Vossi, Uwe und Wolfgang fast jedes Wochenende da oben draufsitzen?"

Paul schüttelt energisch mit dem Kopf. „Verarsch mich nicht, Meik. Ich bin verdammt betrunken, aber jetzt is mal gut."

„Ist kein Quatsch. Ich war ein paar Mal mit."

„Du. Du warst da oben ein paar Mal mit."

„Sicher, denkst du, ich geh da jetzt mit dir das erste Mal rauf, oder was? Bin ich lebensmüde?"

Da prusten beide los, lachen dreckig in die Nacht hinein und leeren ihre Flaschen. Paul denkt plötzlich an Max, der gesagt hat, er habe Meik noch nie gesehen, und wird wieder ernster. „Und wie lief das?"

„Einer hatte 'ne Kiste Flens auf der Schulter, wir sind dann zusammen da hoch und auf die Brücke. Ich sag dir: Nichts ist so geil wie von da oben den Sonnenaufgang zu beobachten. Ist übrigens Vossis Spruch, nicht meiner, aber er hat recht."

„Und wenn euch da einer erwischt?"

„Gab's ja, gab's ja: Wir ham die fünfundzwanzig Ocken Strafe immer schon einkalkuliert. Aber das war's uns wert. Einmal wollte uns einer da runterholen, den haben wir dann erst mal 'ne Stunde warten lassen. Und dann steht der Typ von der Bahn da, und Wolfgang meint nur: Keinen Schritt näher, sonst springe ich! Der Kerl hat glatt so lange gewartet, bis wir in Ruhe ausgetrunken hatten. Nur geil."

Ein anderer Meik scheint da jetzt vor ihm zu stehen. Er hat ihn eben noch für eine total beknackte, hohle Nuss gehalten, für einen Irren, der sich mit seiner Lebensgeschichte an ihn dran zeckt, einfach so, er selbst schien nur ein willkürlich ausgewähltes Opfer zu sein. Aber Meik hat sich verwandelt, ausgerechnet die Höhe scheint ihn zu erden. Vielleicht erzählt er auch nur Märchen, vielleicht war er selber auch nie mit da oben, aber ihm ist das jetzt gleich.

Sie stehen noch eine ganze Weile an dem riesenhaften Brückenfuß und reden. Nein, eigentlich redet nur Meik. Aber diesmal hört Paul ihm wirklich zu.

Becky und Peter

Sie hat lange keinen Mann mehr weinen sehen. Der letzte war ein Typ namens Richard, der von ihr immer Richie genannt werden wollte. Sie dachte immer, sie sei ein Psycho, aber Richard war ganz anderes Kaliber.

Sie machte Schluss, nachdem er sie an einem einzigen Tag siebenundachtzig Mal angerufen hatte, um ihr zu sagen, dass er sie brauche, es war sein erster Tag ohne sie nach einer ganzen Woche, die sie komplett zusammen verbracht hatten. Sie fuhr abends zu ihm und riet ihm, sich Hilfe zu suchen. Da fing Richard an zu weinen, er schluchzte wie ein kleines Kind und kroch in Embryohaltung auf seiner Couch herum. Sie fuhr und ließ das Telefon danach einfach drei Tage lang klingeln. Es klingelte oft. Ständig. Und dann gar nicht mehr. Was danach mit Richard geschehen ist, weiß sie nicht.

Wann genau das mit den Zwängen angefangen hat, auch nicht. Es begann irgendwann, als sie klein war, daran erinnert sie sich noch, sie musste früh alleine zurechtkommen, ihre Eltern waren ständig unterwegs, sie war das jüngste Kind, keiner kümmerte sich wirklich um sie. Keiner interessierte sich für sie.

Fast immer, wenn sie draußen eine Pause macht und in Ruhe eine raucht, denkt sie darüber nach. Sie hat aufgehört, nach Antworten zu suchen. Sie hat sich eigentlich ganz gut im Griff, aber das heute ist anders und deshalb ist es vorhin am Auto auch so fürchterlich eskaliert. Und drinnen auch ein paar Mal. Deshalb war sie heute nicht die Erste. Aber sie wird eine der Letzten sein, das steht mal fest.

Sie sieht ihn zuerst gar nicht, sie hört ihn. Sie hört sein Weinen. Es klingt, als komme es aus den Büschen, als heulten die Büsche auf der anderen Straßenseite sie an. Sie hält inne. Wieder das Schluchzen.

„Hallo? Alles klar da drüben?"

Keine Antwort, aber das Schluchzen wird lauter. Sie läuft über die Straße.

„Hey, wer is 'n da drin? Hallo!"

Zuerst knackt es leise, dann krabbelt Peter zwischen Büschen und Bäumen aus dem Wald heraus. Becky zieht viermal nacheinander an ihrer Kippe und weicht zurück.

Peter streift den Schmutz von seinen Klamotten, streicht sich durch die Haare, reibt sich die Augen, atmet tief durch.

Sie schaut ihn irritiert an. Er ist einen Kopf größer als sie, aber trotzdem wirkt er klein. „Du bist doch Peter, der Typ vom Kickertisch, oder? Der mit der Flasche. Und danach hast du Linda angegraben. Und bist noch mal rausgeflogen. Das bist du doch."

„Linda heißt die also. Auch egal."

„Sag nicht, du wolltest was von der? Weiß doch jeder, dass die mit diesem Sven zusammen ist."

„Wer bist du? Die Bunte?"

„Nee", sie lächelt, „wohl eher die Schwarze … ich bin Becky."

Sie reichen einander die Hand. Sie wischt sie sofort an ihrer Hose ab.

„So dreckig bin ich nun auch nicht", protestiert er.

Sie wird rot. „Bitte? Ach so, das … hat nichts mit dir zu tun. Ich bin da so 'n bisschen pingelig."

„Du bist doch auch oft hier, oder?"

„Immer. Meistens am Tanzen. Du aber auch. Meistens am Kickern."

„Na jetzt ja nicht mehr. Das habe ich echt noch nicht geschafft, hier rausgeschmissen zu werden. Aus dem Deja, da ham se mich mal rausgeworfen, da war es genau andersrum. Da musste ich vor die Tür, weil ich mich nicht von so 'nem Mädel hab angraben lassen. Kannst du dir das vorstellen? Die gräbt mich an, will mit mir tanzen, aber ich will nicht, sag ihr, ich will meine Ruhe, die schwirrt ab, holt den Türsteher, und der schickt mich an die frische Luft. Ist aber schon Jahre her."

„Und jetzt hast du es umgekehrt probiert und es hat auch nicht hingehauen. Blöd aber auch."

„Gibst du mir eine?" Er zeigt auf ihre Kippe.

Sie zieht die Schachtel aus dem Hosenbund, fingert eine Zigarette raus, reicht sie ihm, er steckt sie in den Mund, sie muss viermal die Flamme an- und wieder ausmachen, bis sie ihm die Kippe anstecken kann.

Er schaut sie irritiert an. „Auch so was Pingeliges?"

Aber sie schweigt und er fragt nicht weiter.

„Und jetzt?"

Und jetzt schaut sie ihn an und möchte eigentlich wieder reingehen und weitertanzen, weil das das Einzige ist, was ihr jeden Tag einen wirklichen Sinn gibt, das Einzige, bei dem sie nicht viermal irgendwas anfassen, nicht achtmal eine Klospülung betätigen, nicht sechzehnmal ein Glas auf einen Bierdeckel stellen muss. Aber der Kerl tut ihr leid. „Vielleicht kriegen wir dich da ja wieder rein."

„Nee, lass ma", wehrt er ab, „zweimal rausfliegen reicht. Ich will nicht noch mehr Ärger."

In diesem Moment poltert die dicke Ina aus dem Laden und auf die beiden zu.

„Ach, da bist du ja, du geiler Flaschenwerfer. Sag mal, hast du sie eigentlich nicht mehr alle? Tach, ich bin übrigens Ina."

„Becky."

„Becky hat Kippen. Auch eine?"

„Danke, nein. Mann Peter, was soll diese Scheiße? Du bist den ganzen Abend schon so verstrahlt, und jetzt tickst du hier total aus und versaust uns alles. Das ist ein Kicker-SPIEL, verstehst du das? Da ist es doch egal, wer da gewinnt oder verliert. Und du musst da den Obermacker machen, nur weil du seit vierhundert Jahren kein Spiel mehr verloren hast. Du bist so ein Arsch. Und dann diese Nummer mit Linda. Wer hat dir eigentlich ins Hirn geschissen?"

Er schaut sie kopfschüttelnd an. „Du kennst diese Linda also auch?"

„Natürlich. Du nicht, oder was? Die ist doch immer da und ihr Typ doch auch, das sind doch so Schicki-Mickis."

Becky verzieht das Gesicht. „Hier gibt's Schicki-Mickis?"

„Na ja, für Exit-Verhältnisse. Sie immer wie grad aus 'm Modeprospekt und er so 'ne Kante. In mich passt die zweimal rein … Becky, richtig?" Nicken. „Ich glaub, ich könnt jetzt doch mal 'ne Kippe brauchen."

Sie fingert die Schachtel aus ihrem Hosenbund, steckt sie wieder rein, zieht sie wieder raus, zieht eine Kippe raus, steckt sie wieder rein, raus, rein, raus, rein …

„Ey, sag mal, Mädel, hast du's bald? Sonst lass stecken!"

„Hier", seufzt Becky und gibt ihr endlich die Zigarette.

Peter nimmt ihr das Feuerzeug aus der Hand. „Komm, ich mach schon. Hier hast du Feuer, Ina." Becky weiß nicht, ob sie es unverschämt oder süß finden soll, wie er sie gerade vor sich selber beschützt. Ina ist noch nicht fertig: „Also, Peter, was ist los mit dir? Da stimmt doch was nicht, du bist doch sonst nicht so. Bist du krank?"

Aber er schweigt nur.

„Ja, was denn dann?"

„Jetzt lass ihn doch mal", beschwert sich Becky plötzlich.

„Wie? Was mischst denn du dich jetzt da ein, Becky? Du kennst den doch gar nicht."

„Ich hab den immerhin heulend aus 'nem Busch geholt."

Ina fasst sich entgeistert an den Kopf. „Du hast heulend im Busch gesessen?"

Er schweigt immer noch. Dann schaut er sie abwechselnd an, dreht sich um und geht.

„Ey, wo willst ’n du jetzt hin? Jetzt wart doch mal!“, ruft die dicke Ina ihm hinterher. Alex ist inzwischen auch nach draußen getreten. Aber Peter läuft einfach weiter und dreht sich nicht einmal um.

„Dann leck mich doch, Alter!“ Sie poltert zurück und zieht Alex, der gar keine Zeit hat zu begreifen, was hier gerade geschieht, mit sich rein.

Becky schaut den beiden hinterher, zieht sechzehnmal hintereinander an ihrer Kippe, bevor sie sie achtmal mit dem rechten Schuh austritt, dann achtmal mit dem linken.

Sie läuft hinter Peter her.

Susann

Die Pillen wirken. Sie spürt keine Schmerzen, sie hat sich seit einer Ewigkeit nicht mehr übergeben, seit der Ewigkeit von drei Stunden. Sie hat einfach vier auf einmal geschluckt, zwei sind normal, aber was ist schon normal, wenn alles zu Ende geht?

„Ich brauch mal ’ne Pause“, ruft sie Betty genau in einem Moment zu, als sich die Leute fast stapeln vor der Bar.

„Was, jetzt? Schau dich mal um. Oder geht’s dir wieder schlecht?“

„Nein, mir geht’s gut, wirklich. Und deswegen mach ich jetzt ’ne Pause. Ich hol dir Nicki von vorne, die ist im Bistro, aber da kommen sie auch so klar.“

An der Tür läuft sie an Wolfgang vorbei. „Alles klar?“, fragt er.

„Ich brauch mal ’ne Pause.“

„Brauchst du sonst irgendwas? Geht's dir gut?"

„Nee, lass mal, alles okay. Ich hol mir nur Nicki an die Bar, die soll Betty helfen."

„Dann viel Spaß beim Feiern. Und pass auf dich auf."

Es ist fast halb drei, der Laden ist immer noch kurz vorm Platzen und sie gibt sich eine Stunde. Uwe spielt *In the End* von Linkin Park.

Sie steigt zu ihm hinters DJ-Pult, er lacht sie an, sie legt ihm die Hand auf die Schulter und schaut gemeinsam mit ihm von oben herunter. Sie überblickt alles, die Gänge, die Theken, die Fläche, den Kickertisch, die Couch, die Bartische.

Sie fingert in seinen CDs herum, das dürfen nicht viele, sie hat es immer gedurft. Er hat bei ihr auch gedurft, ein einziges Mal, das ist ewig her, aber es war gut, das weiß sie noch. Sie stapelt CDs auf ihrem Arm und macht ihre eigene Wunschliste. Legt sie ihm hin: „Ich möchte, dass du das hier spielst. Dann das und dann das." Sie geht mit dem Finger die Alben und Songs durch. „Danach dann das und als Nächstes den hier. Den auf jeden Fall, ja?" Uwe schaut sie irritiert an. „Keine Sorge, ich spiel die schon noch alle, aber hier sind auch so 'n paar Leute drin, weißt du, und die wollen ja auch …"

Sie dreht ihn zu sich hin und legt ihm die Hände auf die Wangen und gibt ihm einen festen Kuss auf den Mund und schaut ihm tief in die Augen: „Uwe, wir kennen uns, seit ich denken kann. Ich habe dich, glaube ich, nie um was gebeten. Aber ich habe eine Stunde. Bitte, spiel diese Songs."

Es sind genau zehn, sie hat ihm eine Top Ten aufgeschrieben. Er liest sie. Sie legt ihren Finger auf den zehnten Song.

„Und als Letztes dann *Disarm*, ja? In der Reihenfolge?“

Uwe starrt sie verständnislos an und sagt wie automatisiert: „Okay, in der Reihenfolge.“

Ihre Augen funkeln. „Danke. Ich hab was gut bei dir.“

Er lächelt. „Nein, hast du nicht.“

Sie lässt ihn zurück, er schaut ihr einen Moment lang nach und begreift nicht so ganz, was das da jetzt gerade war. Er betrachtet noch einmal die Songs, die wie ein Extrakt wirken aus dem Soundtrack ihres Lebens. Er spielt sie. Alle. Nacheinander.

Und sie taucht ein.

Sie trifft Robert, den Investment-Banker mit dem Vollbart, der schon immer auf sie gestanden hat. Robert hat geheiratet vor drei Jahren, aber glücklich sieht er nicht aus, er ist schon wieder alleine hier, er kommt immer nur alleine und steht den ganzen Abend rum, aber wenn sie REO Speedwagon spielen, irgendwann um vier, dann wird er tanzen, acht Minuten lang wird er dann tanzen und die Grübelbirne da oben ausknipsen.

„Und? Lief es schon?“, fragt sie ihn.

Robert stutzt: „Nee, musst du doch wissen, bist doch schon die ganze Nacht da.“

Da fällt ihr auf, dass sie auch schon mal eleganter in eine Plauderei eingestiegen ist, aber eigentlich interessiert sie der Typ sowieso nicht so wirklich. Sie zuckt mit den Schultern. Er zögert, sucht nach Worten, und sie weiß nur eins: Wenn er jetzt „Und sonst?“ sagt, ist sie weg. Aber ihm fällt offenbar noch nicht einmal das ein. Ihr aber: dass er ihr vor zwei Jahren mal irgendwas mit Aktien andrehen wollte.

Besser darüber reden, als dass es noch peinlich wird.

„Und? Wie laufen die Bankgeschäfte?"

Seine Augen blitzen auf. Na also. „Och, kann nicht klagen. Ich hab jetzt ein neues Büro, endlich eine Aushilfe, die mir den Kram macht und so. Also, den Kram im Büro halt."

„Schon verstanden. Ne eigene Tippse, Glückwunsch!"

„Ja, schon praktisch." Er zögert wieder, aber jetzt so, als überlege er, ob er den nächsten Satz, der schon halb fertig zu sein scheint, auch aussprechen soll. Er kaut auf ihm herum. Und erst, als der Satz nur noch Matsche ist, macht er, begleitet von einem schrecklich schlecht einstudierten Seitenblick, seinen Mund auf: „Ja, Susann, so ist das. Für einen Bereich im Leben habe ich jetzt endlich weibliche Unterstützung. Jetzt fehlt mir nur noch eine für den anderen ... du weißt schon ..."

Sie schaut zu ihm auf mit einem Blick, der ihn für eine halbe Sekunde sogar hoffen lässt, bevor ihr Mitleid durchbricht. Sie legt die Hand auf seine Schulter und streichelt freundschaftlich über sein weiß-grün kariertes, unglaublich glatt gebügeltes Designerhemd.

„Du, ich muss dann mal wieder", säuselt sie ihm sanft ins Ohr. Es wird das Letzte sein, was er von ihr zu hören bekommt.

Sie trifft Jessy, die wieder mal total voll in der Couchecke hängt und gerade eingeschlafen ist.

„Hey, Jessy, alles frisch da oben?"

Es dauert einen Moment. Dann: „Häh? Ahhh, Susannnnnnn!" Jessy stinkt aus dem Mund, als hätte sie ihre eigene Kotze gegessen, und ihr ist durchaus zuzutrauen, dass es genau so ist. Zwischen Wodka und Zigaretten riecht sie etwas Undefinierbares heraus, dreht sich sofort weg, aber Jessy will kuscheln. Jessy wollte auch schon mal mehr, aber Susann steht erstens nicht auf Mundgeruch und zweitens auf Kerle. Was nicht heißt, dass sie es nicht mal probiert hätte, aber dann garantiert nicht mit einer wie Jessy. Aber auch Jessy gehört hier einfach hin, sie ist immer da und genauso zu wie morgen das Exit. Mit Jessy kann man sich gar nicht unterhalten, außer man will über Alkohol- und Drogenmissbrauch informiert werden und über durchzechte Nächte und über dreitägige Orgien. Sie ist immer für einen gut, und Susann braucht jetzt nach Robert einfach mal was Amüsantes.

Jessy gibt es ihr: „Boh, gestern hab ich's mit drei Typen auf einmal getrieben. Ich schwör, bei mir zu Hause. Denen hab ich's so besorgt, das glaubst du nicht, und die ham den Hals nicht voll gekriegt. Aber mein Hals war voll, meine Fresse! Wir ham schon um zehn angefangen zu saufen, alles durcheinander, das ist das Beste, weißt du? Und du, trinkse auch noch so viel?"

Sie spielt mit. „Klar! Ich bin schon wieder total blau!"

„Krass, Alte, krass! Aber du musst doch anne Bar oder nich? Oder hasse Pause? Hasse was zu trinken? Komm hier, kannse meins haben."

„Nee, passt schon. Ich hol mir gleich was."

„Und dann ham wir uns noch fett was eingeworfen und dann ging's ab, ich sag's dir. Hätt ich nicht gedacht, dass ich das mit den drei Jungs hinkrieg, zwei, das bin ich ja gewohnt, aber gleich 'n Trio? Aber wofür hat man noch zwei Hände, ne? Der eine, der wollte immer mehr und dann hat der da so ’n Ding rausgeholt, ich sag dir …“

„Du, ich dreh noch mal ’ne Runde, okay?“

„Was? Was sachse? Hier is so laut. Und dann diese Scheißmucke da. Was soll ich denn mit Rage Against The Machine?“

„Hab ich mir gewünscht.“

„Was, so ’n Scheiß?“

„Mach’s gut, Jessy.“

Max

Plötzlich steht sie vor ihm. Wer hat sie hierhin gezaubert? Er hat sie nicht mehr gesehen, seit sie sich vor zwei Stunden oder so vor den Klos verloren haben, sie war nicht auf der Fläche, nicht an der Bar, der Trubel schien sie verschluckt zu haben. Jetzt hat er sie wieder ausgespuckt, ihm direkt vor die Füße. Wieder taucht sie einfach so auf.

Sie sieht wieder anders aus als vorhin. Die Verletzbarkeit ist aus ihren Augen gewichen, die ihn fest fixieren, und ein geheimnisvolles Lächeln umspielt ihre Lippen, das vorhin nicht ein einziges Mal da war. Er schaut sie an und weiß, sie hat getrunken, eine Menge in kurzer Zeit, sie hat es aus Trotz getan oder aus Traurigkeit oder wegen beidem. Und als Uwe nach *Killing in the name of* einen Schnitt macht, das Tempo rausnimmt und Tito & Tarantula spielt, da kreisen ihre Hüften, und sie schaut ihn weiter an, sie kommt näher, näher, näher, sie kriecht in ihn hinein, ihre Hände liegen plötzlich um seinen Hals, streicheln seine Haut, seinen Haaransatz, und tausend kleine Blitze schießen durch ihn hindurch. Sie sagt kein Wort, als sie ihre Hüfte an seine schmiegt, kein Wort, als sie seine Hände an ihren Hintern drückt, kein Wort, als sie im Refrain ihren Kopf nach hinten wirft. Anne ist nicht mehr Anne ist doch noch Anne ist ein Geheimnis ist Alles und Nichts, und er will es haben, dieses Alles und Nichts, und er knetet ihren Hintern und sie stöhnt leise auf, und als er ihre Zunge in seinem Mund spürt, da ist er längst in Auflösung begriffen.

Sie küsst ihn nicht, sie isst ihn und er isst sie, sie verschlingen einander, mittendrauf, mittendrin, sie küssen sich, während Titos Song zum Höhepunkt kommt, und zum ersten Mal muss er dabei nicht an Salma Hayek denken und wie der eiskalte Schampus von ihrem Fuß in Quentin Tarantinos offenen Mund läuft, diesmal muss er nicht neidisch werden, denn das hier ist besser als das Titty Twister. Und vor allem ist es Lichtjahre entfernt von der seltsamverkorksten Nummer vorhin im Auto, das hier passiert einfach so, es ist dreckig und gut und darf gefälligst nie wieder aufhören.

Aufgehört hat es drei Songs später bei George Michael. Uwe hat die Zehn-Minuten-Live-Version von *Killer/Papa was a Rolling Stone* draufgepackt, und sie lassen voneinander ab, tanzen alleine weiter, und Max schaut Richtung Bar, dann Richtung Couch, und er sucht Paul, der einfach weg ist, und er kann ihn nirgends entdecken. Er lässt sich wieder von Anne fangen, die an ihn herantanzt, ihn küsst, von ihm ablässt, mit ihm spielt.

„Komm, ich spendier dir 'n Flens“, haucht sie ihm ins Ohr. George Michaels zehn Minuten sind zu kurz gewesen, jetzt spielt er Danzig, das findet Max gut, aber Anne nicht. Seltsamer Geschmack, überlegt er. Sie lächelt nur.

Neben ihm taucht wieder die Hosenwischfrau auf. Er fragt sich, ob sie ihre Hose heute Nacht, zum Abschied, endlich durchkriegt mit den Händen. Oder ob der Ventilatormann, der gerade ganz Danzig-like seine Mähne kreisen lässt, wenigstens in dieser letzten Nacht einmal mit dem Kopf irgendwo gegenschlägt.

Aber es wird nicht passieren. Und die Wischerin und der Ventilatormann werden sich andere Läden suchen, was sollen sie auch machen, und sie werden da wischen und schwingen, während andere hopsen, wieder andere imaginäre Fischernetze einholen und noch andere einfach nur mit dem Kopf wackeln.

„Was ist jetzt?", beginnt sie wieder.

„Äh, ich muss …"

„Was musst du? Quatsch! Alles quatsch, diese ganze Müssen-Scheiße. Hast du vorhin draußen selber gesagt. Du trinkst jetzt mit mir, klar?"

„Wer bist 'n du so plötzlich?", hört er sich selber sagen.

„Wie, wer bin ich? Weißt du was? Vielleicht will ich das ja jetzt einfach mal gar nicht wissen, kannst du dir das vorstellen? Also hör auf, so blöd zu fragen, und trink mit mir."

Kurz danach bestellen sie an der kleinen Bar bei Betty ein Flens und ein Desperados.

Sie dreht sich zu Max. „Da, dein Mädchengesöff."

„Da ist mehr drin als in deinem."

„Schmeckt aber wie Limo. Und ploppen tut's auch nicht."

„Mir schon. Also: Auf das Ende."

„Auf das Ende."

Sie legt ihre Hand in seine. Streichelt sie sanft mit ihren Fingern, er erwidert es, hält ihre Hand fest, sie rückt mit ihrem Hocker an ihn heran und schaut ihm in die Augen. Er hat das Gefühl, etwas sagen zu müssen, er sieht nicht, dass dies ein Moment ist, der keine Worte braucht, der keine Worte vertragen kann.

„Das vorhin im Auto …"

„Was denn?"

„Na, vorhin, wir beide, da hinten bei dir im Auto."

„Wann?"

„Jetzt verarsch mich nicht. Draußen, als wir …"

„Schscht."

Sie legt ihm den Finger auf den Mund. Beugt sich zu ihm hin, ihre Hand umschleicht seinen Kopf, streichelt seinen Nacken, schickt eine Gänsehaut an seinem Rücken hinunter. Er sieht nur noch schemenhaft ihre Lippen auf sich zukommen, dann schließt er die Augen, empfängt ihre Zunge, sie tanzen miteinander und es schmeckt so verdammt gut, dass er seinen Mund nie mehr schließen möchte. Er weiß nicht mehr, wann er bei einem Kuss das letzte Mal so viel gespürt hat, aber es ist lange her.

Er hält sie, ganz fest, sie legt ihren Kopf an seine Schulter. Sie werden noch ein Flens bestellen und noch ein Desperados und noch eins und noch eins, sie werden sich betrinken, aber es wird anders sein als früher.

„Komm, lass mich lieber in Ruhe. Ich bin ja heute scheinbar für keinen zu ertragen“, ruft er ihr zu.

Aber sie ist längst bei ihm.

„Das mit dem Feuerzeug eben war nett von dir.“

Sie gehen ein Stück nebeneinander her. Auf Brückenhöhe angekommen, schaut sie nach oben. Sie glaubt für einen Moment, Stimmen von rechts aus dem Wald zu hören, hört genauer hin, aber es ist still. Er schaut ihr zu, wie sie eine Kippe aus der Schachtel fingert, lässt sich auch eine geben, sie macht wieder ihr Ritual, beim vierten Versuch brennt ihre, beim achten seine.

Er nimmt einen langen Zug. „Hörst du eigentlich Stimmen oder so? Die dir sagen, mach das und das so und so oft?“

Sie zögert. Sie erinnert sich nicht, wann sie jemals mal jemand darauf angesprochen hätte, ernsthaft, ohne sie lächerlich machen zu wollen.

„Schuldigung. Du musst nicht …“

„Nein, schon gut. Ich spreche da fast nie drüber, deswegen … eigentlich ist es nur eine Stimme, aber die sagt das ständig. Und je mehr Stress ich habe, desto schlimmer wird das. Und ich hab leider oft Stress.“

„Was machst du? Beruflich?“

„Krankenschwester. Auf ’ner Krebsstation. Und du?“

„Tischler.“

„Cool. Kannst du dir deine Möbel ja selber bauen.“

Ja, denkt er, das kann ich wirklich bald. Da, wo ich hingehe, gibt es sogar eine Tischlerei.

Und ich werde dann so unendlich viel Zeit haben, das glaubt kein Mensch.

Als sie den alten Minigolfplatz erreichen, bleiben sie stehen. Er schaut über den Zaun auf die Bahnen. „Ich hab hier noch nie gespielt. Tausendmal war ich schon hier unten. Aber hab noch nie auch nur einmal einen Ball geschlagen. Nicht mal als Kind."

„Ich auch nicht", sagt sie, „meine Eltern hatten nie wirklich Zeit, die waren dauernd unterwegs. Darum hat es die auch nicht gejuckt, wenn ich mit fünfzehn im Exit war."

„Meine schon. Die haben mich immer gewarnt, da unten, das sei doch ein Moloch, da gehen doch nur Bekloppte hin." Er hält kurz inne. „Krass, wie wenig die überhaupt von allem wissen ..."

Sie betrachtet ihn, wie er gedankenverloren ins Leere starrt. Nach ein paar Augenblicken scheint er wieder zu sich zu kommen: „Weißt du was?", ruft er plötzlich aus, „wir spielen 'ne Runde. Vielleicht hat ja einer seine Schläger liegen gelassen. Eine Runde Dunkelgolf, nur wir beide, das ist es doch."

„Was? Bist du irre? Wie sollen wir denn da reinkommen? Und sehen kannst du auch nix."

„Lass mich mal."

Er klettert vorsichtig über den Zaun und reicht ihr die Hand. „Und jetzt du, komm, ich helf dir."

„Weißt du, dass es Gerüchte gibt, dass der frühere Platzbesitzer, so ein fetter, alter Kerl, hier nachts immer noch aufpasst, so aushilfsweise, und dass der in der Bude da auch schläft? Und dann heimlich beobachtet, was wir hier alle so treiben? Ich hab keine Lust auf Ärger."

„Ach, jetzt komm."

Sie stampft. Klack-klack machen ihre Absätze auf dem Boden und es klackt so laut, dass er das Gefühl hat, dass das jetzt sogar im Exit auf der Tanzfläche zu hören ist. Auf jeden Fall bis in die Bude des Minigolfbesitzers hinein. Es klackt zweiunddreißigmal, er schaut ihr dabei stumm zu, schließlich lächelt sie ihn erleichtert an und sagt: „Jetzt kann ich."

„Du bist anstrengend."

„Wenigstens bin ich keine Heulsuse."

Er lächelt, tut verschämter, als er es ist, sie hakt sich bei ihm ein, und sie schlendern gemeinsam an den Bahnen vorbei. An der vierten hat einer zwei Schläger und einen gelben Ball liegen lassen.

„Bingo!", jubelt er. „Wer fängt an?"

„Kannst du denn verlieren?" Sie lacht ihn provozierend an.

Er gibt das Lachen zurück: „Warum habe ich dich eigentlich nicht mal eher hier unten getroffen?"

„Hast du doch, jede Woche. Hättest ja mal 'n Ton sagen können."

„Vielleicht hatte ich Angst, dass du zweiunddreißigmal deinen Namen sagst."

Plötzlich verstummt sie. Alle Gesichtszüge entgleiten ihr. Ihr Kiefer scheint heruntergepurzelt zu sein, sie dreht den Kopf zur Seite, wendet sich ab.

Er schluckt. Geht auf sie zu. Fasst sie an den Schultern. Spürt, wie schmal sie sind. Dreht sie sanft zu sich. „Das tut mir leid, Becky. Das war jetzt total ..."

„Daneben! Genau! Und jetzt lass uns spielen, du Blödmann!“ Sie springt vor ihm in die Luft und lacht ihn dreckig aus, schnappt sich einen Schläger, den Ball, holt aus und schlägt ein Ass an der vierten Bahn. „Und jetzt kommst du!“, ruft sie ihm zu.

Er ist erleichtert, dass sie ihn jetzt nicht hasst, er schnappt sich den Schläger, fingert den Ball aus dem Loch und vergeigt die ersten drei Schläge.

Er will die Kugel gerade aus dem Gebüsch holen, als im Minigolfhäuschen plötzlich Schlagläden hochgerissen werden und so heftig oben anschlagen, als springe gleich das halbe Fenster aus dem Rahmen. Im Inneren leuchtet das schwache, bläuliche Licht eines Fernsehers; eine fette Gestalt erscheint hinter der Scheibe, als Nächstes erfasst der helle Schein einer Taschenlampe den halben Platz.

„Scheiße!“

„Scheiße!“

„Was jetzt?“

„Raus hier!“ Er nimmt sie an die Hand und rennt mit ihr zum unteren Ende des Platzes, klettert über den Zaun, hilft ihr drüber. „Und wehe, du fängst jetzt an zu stampfen!“

Aber sie stampft nicht, sie klettert an seiner Hand über den alten Holzzaun und sie verschwinden am Wupperufer, laufen noch ein paar Schritte, verstecken sich und lauschen.

Eine Türe wird geöffnet, dann ertönt die Stimme eines fetten Alten, der offenbar schon ordentlich gebechert hat: „Ey, ihr verdammtes Rockerpack! Erwisch ich euch hier noch einmal, dann mach ich euch kalt, kapiert? Noch einmal, dann gnade euch Gott!“

Am meisten muss man lachen, wenn es gerade ungünstig ist. Und im Stockdunkeln am Wupperufer zu sitzen, während einen ein betrunkener, fetter Alter, der hier freiwillig nachts in dieser Bude hockt, mit seinen Schreien und einer Taschenlampe bedroht, das ist ziemlich ungünstig. Sie beißen so fest auf die Lippen, dass es schmerzt.

Doch der Alte lässt es dabei bewenden und verschwindet.

Susann

Sie sieht noch so viele andere. Hier ein Wink, da vorne ein Wort, woanders zwei Sätze, eine Umarmung, Küsschen-Küsschen, dann schwimmt sie weiter durch den Strom.

Sie trifft Jonas beim Kicker, als Uwe gerade Soundgarden spielt, Nummer fünf auf ihrer Liste. Jonas war lange nicht hier, und er sieht verändert aus. Immer noch groß, aber irgendwie kräftiger, die Haare kurz, die Brille weg. Sie beschließt, dass er ziemlich gut aussieht in einem engen weißen Hemd, dessen kurze Ärmel den Blick auf kräftige Oberarme freigeben. Sie hofft, dass er nicht bemerkt, wie sie unter ihrer Maske ausschaut.

„Na, hat Peter sie wieder alle nass gemacht?", beginnt sie.

„Was? Sag mal, warst du in 'nem anderen Laden oder so? Hast du das nicht mitbekommen da vorne? Der ist doch total ausgetickt und dann gleich noch mal und dann haben sie den aber mal ganz gepflegt rausgeschmissen."

„Oh, da war ich sicher gerade …" kotzen, rutscht es ihr fast raus, „Biernachschub holen. Aber das ist ja krass. Ich mach jetzt grad erst meine erste Pause."

Sie spürt, wie er sie mit Blicken abtastet. „Gut schaust du

aus, die Haare länger, steht dir. Und, traurig wegen allem?"

Ja, denkt sie, irgendwo in dieser Suppe aus Pillen und Bier habe ich wohl auch eine Prise Traurigkeit versteckt, aber die hat sich, glaube ich, gerade aufgelöst.

„Weil jetzt Schluss ist? Ja, klar, aber noch ist ja offen und deswegen denke ich da jetzt auch nicht so drüber nach", lügt sie.

„Ich schon."

Sie schaut sich um. „Wo ist denn Antonia?"

„Bei ihrem neuen Freund."

„Upps. Sorry."

„Passt schon. Noch ein Bier aus deiner Bar?"

„Nehm ich."

Sie trinken zusammen und quatschen wie alte Freunde, so als läge kein Jahr zwischen ihnen, sondern vielleicht ein Tag. Er habe jetzt eine neue Firma aufgemacht, was mit IT und so weiter, das laufe echt gut, aber deswegen habe er fast das ganze letzte Jahr durchgearbeitet, und so langsam pendele sich das wieder ein und jetzt sei auch mal langsam wieder Zeit für eine neue Beziehung. Das mit Antonia, nee, da hätten auf Dauer zwei Planeten nicht so ganz in dasselbe Universum gepasst.

Sie lächelt. „Kenn ich, das mit den Planeten."

Sie hört sich sagen, dass er ja trotz der vielen Arbeiterei ruhig mal öfter hätte kommen können im letzten Jahr, und nicht nur heute, um Lebewohl zu sagen.

„Und ich hab gehört, du warst krank?"

„Schon wieder gut."

„Was war's denn?"

„Mit dem Magen."

„Macht der Stress, kenn ich. Gibt sich wieder.“

„Mmh.“

„Und? Vergeben? Oder auch solo?“

„Auch solo.“

Sie rücken näher aneinander, Uwe spielt Staind, ihre Nummer sechs, sie reden weiter, über das Leben, über die Liebe, über was man eben so redet, wenn man dabei schreien muss, und eigentlich wollte sie schon längst auf der Fläche sein, aber das tut ihr gut hier, dieses Reden mit diesem Typ, der vielleicht eine Perspektive wäre, wenn es eine gäbe. Und weil sie weiß, dass ihre Top Ten bald enden und weil sie Uwe die Reihenfolge genau vorgegeben hat und weil der beste Song bekanntlich am Schluss kommt, bleibt ihr nicht mehr viel Zeit.

Sie schaut ihm immer länger in die Augen, streicht sich öfter durchs Haar, beißt sich wie in Gedanken sanft auf die Unterlippe, sie drückt Schalter bei ihm, und es sind die richtigen. Irgendwann legt er eine Hand an ihre Hüfte, spielen ihre Finger miteinander, legt sie ihren Kopf an seine Schulter, haucht sie ihm ins Ohr: „Komm mit.“

Sie zieht ihn nach vorne zur Tür. „Ist grade einer in deiner Bude, Witold?“

„Nee, ich bin doch hier. Siehste doch.“

„Sonst einer?“

„Ja, vorhin welche. Das waren vielleicht ein paar Leutchen, hast du gar nicht mitbekommen, oder? Fallen die einfach in die Wupper. Jetzt sind se irgendwo da drin und feiern.“

Wolfgang schaut von ihr zu Jonas und von Jonas zu Witold. „Mann, Witold, jetzt gib ihr endlich den Schlüssel.“

Witold stutzt, dann grinst er. „Ach so! Ja klar, meine Couch kann ja auch echt was vertragen, nee, ist ja kein Thema, geht klar." Er reicht ihr den Schlüssel.

„Du bist echt ein Schatz."

„Ja, passt schon. Ach, so: Tücher sind …"

„Ist gut! Dankeschön!" Als sie Jonas weiterschiebt, fällt dem nicht mehr wirklich was ein, aber ihm muss auch nichts mehr einfallen.

„Was ist denn das für 'ne Mucke?", fragt er, als sie ihn im ersten Stock durch die Wohnungstür schiebt.

„Das? Ach so, nur der Dicke von nebenan. Der macht Schlager."

„Nee, oder?"

„Doch. Den ganzen Tag. Witold macht es wahnsinnig. Aber zum Reden sind wir doch jetzt eigentlich nicht hier, oder?" Sie zieht ihn zu sich, küsst ihn und lässt ihre Hand unter sein Hemd gleiten.

Sie tun es schnell in Witolds Bude, aber voller Leidenschaft. Sie reißt ihm die Hose runter und dann das Hemd von den Schultern, kaum dass sie in dem kleinen Wohnzimmer stehen, sie zieht sich aus, drückt ihn an ihre Brüste, er liebkost sie, sie schiebt ihn zur Couch, die ja auch echt was vertragen kann, er legt sich hin, sie setzt sich auf ihn, reitet ihn, bis sie beide laut stöhnend explodieren, fast gleichzeitig, sie lässt sich auf ihn fallen, er hält sie schwitzend in seinen Armen, sie legt ihren Kopf an seine Brust. Sie atmen tief, sie spürt, dass er etwas sagen will, aber sie legt ihm einen Finger auf den Mund, macht leise „Schscht!" und flüstert ihm ins Ohr: „Das war sehr schön, Jonas, und ich danke dir dafür. Was auch immer passieren wird: Du hast eine Frau gerade sehr glücklich gemacht. Bitte vergiss das nie.“

Sie wartet noch einen Augenblick, dann steht sie auf. Sie zieht sich an, er liegt auf der Couch und schaut ihr zu. „Ist das nicht eigentlich mein Job?“, beginnt er, „gleich danach aufspringen und sich anziehen?“

Er setzt sich auf, sie lächelt. „Ich muss jetzt leider wieder runter. Es ist schon spät und gleich wird er meinen letzten Song spielen. Und dann möchte ich gerne tanzen.“

„Welcher Song?“

„Wirst du dann schon hören. Kommst du mit?“

Er steht auf, sucht sich seine Klamotten zusammen, zieht sich an.

„Was hast du eben gemeint, von wegen, dass ich das nie vergessen soll?“

„Nimm es einfach so an, ja?“

Unten reicht sie Witold den Schlüssel. Der macht große Augen: „Ging ja schnell. Und? Gut?“

Sie funkelt ihn nur an, sieht, wie Jonas die Röte ins Gesicht steigt, und zieht ihn mit rein.

Die Boxen spucken die ersten Töne von *Tears oft the Dragon* heraus. Er beugt sich zur ihr hinunter. „Ist er das, dein Song? Geiles Stück.“

„Ja, geil, gehört auch in meine Top Ten. Nummer acht.“

„Soll das heißen, der spielt da gerade deine ganz persönliche Top Ten? Wie hast du das denn geschafft?“

„Bleibt mein Geheimnis. Zwei kommen noch. Und ich muss dich leider jetzt mal hier stehen lassen. Da hinten sitzt noch eine alte Freundin, die ich lange nicht gesehen habe. Nicht böse sein, ja?“

Er schaut sie mit einer Mischung aus Glück, Erschöpfung und Verständnislosigkeit an. „Alles gut, Susann. Aber ich brauch jetzt echt 'n Bier."

„Ich spendier dir eins."

Sie lässt sich von Nicki ein Flens reichen, lässt es ploppen, nimmt einen Schluck, küsst ihn auf die Wange und reicht ihm die Flasche.

„Bis später dann, oder wie?"

Aber sie weiß, dass es kein Später geben wird. Sie zeigt es ihm auch: „Mach's gut, Jonas."

Er schaut ihr nach, doch sie ist so plötzlich wieder in der Menge verschwunden, aus der sie vorhin vor ihm aufgetaucht ist.

Paul

Er hat Meik die ganze Zeit zugehört, er könnte ein Buch über ihn schreiben und wahrscheinlich würde es ein Bestseller in den Freakcharts werden. Er hat auch die ganze Zeit überlegt, was er wann wie sagen könnte. Und er hat sich so entschieden: „Aber sag mal, Meik, jetzt im Ernst: Warum versucht einer ein paar Mal, sich das Leben zu nehmen, aber irgendwie doch nie richtig?"

Meik zögert. Er bückt sich, greift das Seil, schaltet die Lampe ein, leuchtet hoch.

„Komm jetzt."

„Warum, Meik?"

Meik dreht sich um und leuchtet ihm plötzlich ins Gesicht. Tritt auf ihn zu. Schaut ihn an. Hält sich die Lampe vor sein Kinn, strahlt sich selber an. „Warum, warum, warum? Es ist halt nicht immer alles schön, Paul!"

„Das weiß ich. Bei mir auch nicht."

„Von dir weiß ich nichts."

„Nee, weil immer nur du redest."

„Ach so? Gefällt dir das nicht? Hättest ja sagen können, wenn …"

„Nein, schon gut. Ich würde es nur einfach gerne wissen. Musst ja nichts dazu sagen … Komm, lass uns einfach wieder runtergehen, ja? Tut mir leid, Meik."

„Nein. Wir gehen da jetzt rauf."

„Ich möchte aber nicht dabei sein, wenn du …"

Meik hält ihm die Lampe mitten ins Gesicht. Blinzelnd weicht Paul zurück. Meik fährt ihn an: „Jetzt mach dir hier nicht in die Hose! Ich will mich nicht umbringen, Mann!" Und dann, leiser, den Blick nach oben gerichtet: „Nicht heute jedenfalls."

Paul spürt, wie sich eine unerwartete Klarheit in ihm ausbreitet. Die Wirklichkeit deckt den Rausch ein wenig zu. Und Meik, der ihm gerade noch so nah schien, auf seltsame Weise vertraut, wirkt nun noch verstörender als vorhin, aber nicht mehr so harmlos-bekloppt, sondern gefährlich. Er hat ihm wohl einfach zur falschen Zeit die falsche Frage gestellt.

Meik tritt auf ihn zu, dann neben ihn, leuchtet mit der Lampe die Brücke hinauf. „Schau mal da oben. Schau dir diese Höhe an. Die Luft da oben ist ganz anders. Es ist unglaublich. Und mit dem Seil bist du sicher. Du kannst es nehmen, ich komme da so hoch, ich war schon oft genug da oben. Ich sichere dich. Dir kann nichts passieren."

Paul schaut nach oben, in das gelbliche Licht, das die Lampe auf den alten Stahl wirft. Er schließt die Augen, und ein greller Bildermischmasch rauscht an ihm vorbei. Figuren tauchen darin auf, Szenen, Augenblicke, alles erscheint schemenhaft, blass, aber nichts bleibt wirklich hängen. Alles zieht weiter wie ein Wind, der keinen Regen führt. Er öffnet die Augen und nickt.

Nach zehn Minuten ist er im Himmel. Kalter Nachtwind weht ihm ins Gesicht und fegt die Wirkung von acht Flens weg wie ein paar Sandkörner. Er hängt zwanzig Meter über der Erde zwischen Stahlstreben, er kommt sich total wahnsinnig vor, und er findet das gut so.

„Alles klar da oben?", ruft ihm Meik zu, der unter ihm hängt, das Seil um die Schulter geschlungen.

„Alles klar da unten?", gibt Paul zurück.

Auf einer kleinen Zwischenplattform machen sie halt, schauen von oben auf die Wälder, das Exit ist von hier aus noch nicht ganz zu sehen. Dafür aber die ersten Auen, die verdammten grünen Auen, die im Dunkeln nur grau sind. Er erwartet ein Zittern der Knie, ein Schwanken, wenigstens ein flaues Gefühl im Magen. Aber nichts von dem ist zu spüren. Nur die Weite, die Höhe, die Freiheit.

„Jetzt wird's ernst", grinst ihn Meik an und legt ihm das Seil um den Bauch. Er setzt einen Knoten, sodass sich das Seil als lose Schlinge um seine Hüfte legt. Am anderen Ende sitzt ein fetter Karabiner, den er sich selbst an seinen Hosenbund klemmt.

„Wir klettern ein Stück weiter Richtung Mitte, dann machen wir es fest."

„Warum da hinten?"

„Wenn wir dich da festmachen und du schmierst ab, was natürlich nicht passiert, dann baumelst du schön im Freien herum. Aber wenn ich dich hier festmache und du abschmierst …"

„Was natürlich nicht passiert …"

„Was natürlich nicht passiert, aber wenn, dann knutschst du die Betonmauer."

„Und das wollen wir ja nicht."

„Nein, das wollen wir überhaupt nicht."

Jetzt ist er wieder der Alter-Kumpel-Meik, der so vertraut wirkt, als kenne er ihn schon zwanzig Jahre und nicht erst seit ein paar Stunden, und Paul kommt gar nicht dazu, sich hier oben zu fragen, wie irre Meik wirklich ist.

Sie klettern hintereinander her, Meter für Meter, das Exit kommt jetzt unten als kleines, breites Zebra zum Vorschein, ein paar Gestalten laufen wie Ameisen umher, er glaubt für einen Moment, Max zu erkennen. Vielleicht auch nur Einbildung.

„Halt mal an", ruft Meik von hinten, „hier mach ich dich mal lieber fest." Er befestigt das Abschleppseil mit dem Karabiner an einer der Stahlstreben. Zufrieden prüft er noch einmal den Sitz. „Mit dem Teil ziehst du einen Traktor aus der tiefsten Kuhkacke."

„Na dann."

„Aber das Vergnügen eines ratternden Zuges wirst du jetzt nicht mehr haben, dafür isses zu spät. Kommt ja bald schon der erste Morgenzug."

„Ich werd's verkraften."

Sie klettern noch ein Stück, dann setzen sie sich. Paul schaut in die Finsternis der Nacht hinaus, wie auf Bestellung verzieht sich eine Wolke vom Mond und gibt einen kurzen Blick auf die helle Sichel frei. Es ist wärmer, als er es erwartet hatte.

„Das vergess ich nie", murmelt er, mehr zu sich selbst.

„Manche Dinge möchte ich gerne vergessen", antwortet Meik. Der ernste Ton in seiner Stimme, der finstere Blick von vorhin: Sie sind zurück. Paul schaut vorsichtig zur Seite. Aber es ist anders, als er gedacht hat. „Schuldigung, dass ich eben so komisch war", sagt Meik nur leise.

„Schon gut." Sie schweigen einen Moment lang, hängen ihren Gedanken nach, einsam in ihrer Zweisamkeit, da findet Meik wieder Worte: „Es ist nur so ..."

„Ja?"

„So, dass ich als Kind Dinge erlebt und gesehen habe ... mitmachen musste, die ... da ist der ganze Kram, den ich dir da erzählt habe ... also, der stimmt auch, das stimmt alles, echt, mein Leben ist wirklich so ... aber gegen das, was ich als Kind ... als Junge ... da ist alles andere ja fast ... so was hat keiner verdient. Keiner."

Paul fragt nicht weiter nach. Und Meik erzählt auch erst mal nicht weiter. Aber Paul kann sich plötzlich vorstellen, warum es bei Meik hin und wieder diese Momente gibt, in denen er nicht mehr weitergehen kann. In denen er stehen bleiben will. Verschwinden will. Oder Augenblicke wie den vorhin, in denen er sich nicht im Griff hat. In denen er unberechenbar wird.

Meik wird unberechenbar bleiben in dieser Nacht. Und er wird nur noch zwei Sätze zu Paul sagen. Er wird sagen: „Tut mir leid." Und dann: „Ich will gern ein guter Mensch sein, aber ich glaube, das krieg ich irgendwie nicht hin."

Susann

Sie trifft Claudia, die Psychologin, die sich seit zehn Jahren immer wieder dasselbe Paar schwarze Stiefel kauft, nur um es hier anzuziehen. Die sie schon ewig kennt, mit der sie einmal besser befreundet war als in diesem furchtbaren letzten Jahr, von dem auch Claudia nichts weiß. Von dem kaum jemand etwas weiß. Sie trägt ihr hellblondes Haar immer kurz und wird von allen Blondie genannt, was sie total nervt. Claudia hat im Exit das gesamte Beziehungsdrama ihres Lebens erlebt. Sie war mal mit Jens zusammen, für einen Tag auch mit Vossi, danach mit einem Dirk (der einst diesen stinkenden Schweizer anschleppte), den hat sie aber mit Frank betrogen, das hat Dirk aber blöderweise mitbekommen und Frank draußen vor der Türe ziemlich weichgeprügelt. Danach hat sie mit den beiden kein Wort mehr gesprochen, aber nur bis zu Dirks Geburtstag, da hat er sie dann wieder rumgekriegt, für genau eine Woche. Dann traf sie Jörg. Mit dem bekam sie ein Kind, aber das bekam Jörg nicht und er ging.

„Und aktuell?“

„Solo! Ich sag dir, das ist das Beste. Kannst hier feiern, wie du willst, kannst dir irgendeinen krallen, bisschen Spaß haben, musst auf nix achten. Oma passt wieder auf die Kleine auf, super. Und du?“

„Auch allein.“

„Was, echt? Wieso? Lief doch alles super bei dir und Fred, oder? Was man so gehört hat.“

„Am Ende dann nicht mehr. Wie geht’s denn der Kleinen?“

„Für die brauch ich ab morgen jedenfalls keinen Babysitter mehr dreimal die Woche. Möchte mal wissen, was meine Mutter dann jeden Donnerstag bis Samstag macht."

„Und du? Wo machst du dann deine Sozialstudien, wenn nicht hier?"

„Keine Sorge. Die Studien der letzten Jahre reichen mindestens für fünfzehn Abhandlungen. Der da hinten …", sie zeigt auf einen großen Stämmigen auf der Tanzfläche, der gerade seine graubraune Mähne schwingt, „der kommt seit zwei Jahren zu mir. Bettnässer."

„Was, der Flo?"

„Ja, der Flo. Aber der heißt natürlich nicht so, sonst würde ich dir das gar nicht erzählen. Den hab ich hier kennen gelernt. Als der wusste, was ich beruflich mache, hat der mich mal irgendwann in 'ner ruhigen Minute völlig nassgeschwitzt angesprochen, er hätte da ein Problem. Und ob ich ihm helfen könnte. Ist jetzt seit drei Monaten trocken. Also trocken im Sinne von …"

„Schon klar."

Claudia lacht laut auf, streicht sich mit ihrer Hand durchs kurze blonde Haar, auf jedem ihrer Finger ist ein Buchstabe tätowiert, zusammen ergeben sie Sarah, und Sarah liegt jetzt friedlich bei Oma im Bett und kuschelt mit Benny, ihrem kleinen Stofftiger. Den hat Susann ihr zur Geburt geschenkt, und sie weiß, dass Benny seitdem in Sarahs Bett gehört. Es tröstet sie, dass er auch morgen auf die Kleine aufpassen wird und übermorgen. Dass etwas von ihr bleiben wird.

Sie betrachtet Claudia, die ein bisschen älter ist als sie, so alt, wie sie selbst es nie werden wird. Sie schaut sich die kleinen Lachfältchen um ihre Augen an, betrachtet ihre Schulter, die zarte, helle Haut, die Wölbungen ihrer Brüste, ihre Hüfte. Claudia spürt das und dreht sich verlegen zur Seite. Wenn sie noch könnte, wäre Claudia auch so eine, mit der sie es gerne mal probieren würde.

„Alles okay bei dir?", fragt Claudia, verunsichert vom Augenblick.

Aber Susann lächelt sie nur verstohlen an. „Wenn ich dir jetzt sagen würde, dass ich morgen tot bin, aber dich vorher noch einmal küssen will, würdest du das machen?"

Claudia setzt an, etwas zu sagen. Ein „Was?" vielleicht. Oder ein „Wie bitte?". Oder ein „War jetzt ein Witz, oder?". Aber dann zögert sie. Etwas an Susanns Augen sagt ihr, dass das kein Blödsinn ist. Sie blickt erst ungläubig, dann fragend, dann lächelnd, dann legt sie ihre Hand um Susanns Hals, zieht sie zu sich heran und küsst sie. Lang, zärtlich, neben ihr an den Tischen drehen sich einige um, ihre dummen Sprüche gehen im Klangwust unter, Susann schließt die Augen und genießt es, sie streichelt Claudias Rücken, ihre Schultern. In diesem Moment will sie, dass es nie mehr aufhört, aber es muss, und als sie von ihr ablässt, schenkt sie ihr ein Abschiedslächeln, dreht sich um und zieht weiter.

Als er *Disarm* auflegt, gehen einige runter, aber sie endlich drauf. Sie schließt die Augen und fliegt mit den Smashing Pumpkins ganz weit weg. Sie dreht sich um sich selbst, lässt die Arme kreisen, *The killer in me is the killer in you*. Sie singt mit, sie tanzt und tanzt und tanzt und alles rauscht vorbei, sie sieht sich als Kind, wie sie am Grab ihres Vaters steht, der sich mit Anfang dreißig betrunken vor einen Baum gepflanzt hat, sie sieht sich bei ihrem ersten Mal, das für so viele nicht wirklich prickelnd, aber für sie sehr schön war, mit einem Typ, Lukas, der so richtig war, wie es nur eine Vierzehnjährige glauben kann. Immerhin war er danach noch anderthalb Jahre richtig. Bis einer kam, der scheinbar noch richtiger, aber in Wahrheit total falsch war.

Sie tanzt und tanzt und tanzt und fragt sich, ob sie mehr hätte werden können als das, was sie ist, ob es mehr gegeben hätte als den Tagjob im Büro und den Nachtjob hier im Laden. Wenn sie manche Wege anders gegangen wäre. Aber sie verneint es. Das hier war ihr Leben, dieser Schuppen hier und die Menschen in ihm drin und die Nächte und die Songs und das Lachen und die Verrückten und die Geschichten und die Freunde, die bleiben werden, wenn sie schon nicht mehr ist.

Nach drei Minuten laufen ihr die Tränen übers Gesicht und sie lässt sie laufen, sie dreht sich einfach weiter, wirft den Kopf nach hinten, und sie bekommt nicht mit, wie Vossi und Uwe ihr von oben zuschauen, schlucken müssen und keinen Ton mehr rausbringen, weil sie ahnen, dass da gerade jemand Abschied nimmt. „Spiel es noch mal. Und dann noch mal", sagt Vossi nur, und Uwe drückt die Repeat-Taste und lässt es dreimal laufen. Unten lächelt sie heulend, weil sie mit dem Ende gerechnet hat, aber Uwe hat die Frist verlängert, und er gibt ihr auch noch eine weitere Zugabe.

Erst ganz am Ende, als der Song zum dritten Mal ausfadet, da spürt sie wieder den Schmerz, sie hält sich ihren Bauch, krümmt sich, geht auf die Knie, einer will ihr helfen, doch sie stößt ihn weg und läuft davon, wühlt sich durch die Menge, stürmt aufs Klo und schafft es gerade noch.

Als sie fertig ist, aber der Schmerz ihr Innerstes noch immer zerreißt und der Geschmack von Kotze ihren ganzen Mund erfüllt und ihr Hals wie Feuer brennt, da ist sie einfach nur froh, dass es nicht mehr lange hin ist.

Becky und Peter

Sie hören jetzt nichts mehr von dem Alten. Und der fette Alte wird auch nichts mehr hören in dieser Nacht, er wird den Rest seiner Whiskyflasche leer machen, weiter seine schlechten Pornos gucken und irgendwann einschlafen und erst wieder wach werden, wenn alles schon zu spät ist.

Nachdem er wieder in der Bude verschwunden ist, bricht es aus ihnen heraus, sie lachen sich halbtot, lachen den Schrecken weg, den er ihnen eben noch eingejagt hat.

Plötzlich hört sie Stimmen von oben. „Sei mal leise. Ich glaub, da ist einer auf der Brücke. Nein, zwei. Oder?"

„Ich hör es auch. Egal. Wenn es zwei sind, ist es nicht schlimm, dann klettern die sicher nur ein bisschen da rum."

„Klettern? Jetzt, mitten in der Nacht? Sind die irre?"

„Sind die. Aber einer wäre viel schlimmer, glaub ma. Vor allem, wenn er gleich vor unserer Nase landen würde."

„Mann, Peter, hör auf, ich geh gleich wieder."

„Blöder Scherz, sorry. Lass uns noch einen Moment bleiben, ja? Fällt schon keiner."

Sie lehnt sich an ihn, er hält sie fest und versucht im Dunkeln ein paar Motive ihrer Tattoos zu erkennen.

„Wie viele hast du eigentlich davon?"

„Zweiunddreißig."

„War ja klar."

„Mehr werden es auch nicht. Für vierundsechzig hab ich keine Kohle. Und keinen Platz."

„Na, dann ist ja gut."

„Aber das Wichtigste habe ich hier." Sie dreht ihm den linken Unterarm zu. Das Gesicht eines jungen Mädchens ist darauf zu sehen, es sieht ihr ähnlich, mit etwas volleren Wangen und etwas längerem Haar.

„Du selbst?"

Sie lächelt bitter. „Meine kleine Schwester."

„Hab ich hier noch nie gesehen. Noch sehr klein?"

„Sie kann nicht kommen. Sie hängt da oben fest."

Sie schaut zum Himmel hoch, wo verschämt ein kleiner Stern zwischen Wolkenschleiern hindurchschimmert.

Er schließt die Augen. „Oh nein. Wie lange schon?"

„Sehr lange. Ein Unfall, als sie noch klein war."

Ihre Stimme bricht ab. Tränen treten in ihre Augen. Sie legt ihren Kopf wieder an seine Brust, er streichelt über das Gesicht der Schwester, ohne es zu merken, und nach einer kleinen Weile sagt er: „Sie hat einen Nachbarn da oben."

Sie fasst sich wieder. „Wen?"

„Er heißt Holger. Ist vor ein paar Monaten eingezogen."

„Familie oder Freund?"

„Freund. War früher auch mal hier, ganz am Anfang. Hat viel mitgemacht. Und konnte irgendwann wohl einfach nicht mehr."

„Aber … doch nicht etwa hier, oder?" Sie stockt und schaut wieder hoch zur Brücke.

„Nein, nicht hier.“

Sie schweigen die Nacht an, er hält sie etwas fester, aber zugleich mit Vorsicht, sie fühlt sich so an, als zerbreche sie sonst. „Also, ich hatte mir meine letzte Nacht ja schon irgendwie krass ausgemalt“, sagt er irgendwann, „mit kickern und feiern und viel trinken und so. Aber das hier, meine Fresse.“

Sie setzt sich auf. „Wieso sagst du eigentlich meine letzte Nacht? Es ist doch die letzte Nacht. Unser aller letzte Nacht. Oder? Wieso deine?“

Er setzt sich ebenfalls auf und starrt auf das Wasser. Als er zu sprechen beginnt, klingt seine Stimme so kalt, wie es die Wupper an Wintertagen ist: „Montagmorgen, Punkt acht, bin ich reif. Dann ist Schluss mit lustig. Für zwei Jahre.“

Sie schaut ihn erschrocken an. „Was? Knast? Du? Was hast du denn gemacht? Flaschen geworfen?“

„Das willst du nicht wissen.“

„Doch, will ich. Sonst hätte ich nicht gefragt.“ Sie zögert, weicht ein Stück zurück. „Außer, du hast eine vergewaltigt. Dann sagst du es mir besser nicht, sonst such ich mir den größten Stein am Ufer und schlag dir den Schädel ein.“

„Ich hab einen zusammengeschlagen. Ziemlich derbe.“

„Hatte der es wenigstens verdient?“

„Nee, verdient hatte der das ganz bestimmt nicht. Familienvater, zwei Kinder. Ich hatte einen schlechten Tag damals. Klingt total beknackt, ich weiß. Schlechter Tag, so ’n Müll.“ Er schüttelt den Kopf, sucht nach Worten. „Wir stehen zusammen an einem Wartehäuschen irgendwo in Solingen, es regnet wieder mal, wir warten auf den Bus, der kommt nicht. Und dann macht der irgendwann so einen total dämlichen Spruch, so von oben herab, und das regt mich tierisch auf. Ich schubse ihn, einfach so, und frage ihn, warum er mich hier so dumm anmacht, da grinst der nur blöd. Macht noch einen Spruch, schubst zurück. Ich schlage zu. Trete zu, als er schon liegt. Was weiß ich noch. Der Kerl geht jetzt am Stock."

Sie blinzelt sechzehnmal mit den Augen, streicht sich achtmal durch die Haare, braucht vierundzwanzig Versuche, um sich und ihm eine weitere Kippe anzuzünden, und spürt, wie ihr Herz klopft. Ein Teil von ihr wünscht sich, sie sei nie mit ihm mitgegangen. Ein anderer Teil sieht einen Typen vor sich, mit dem sie gerade ein geniales Abenteuer erlebt hat, der sie so genommen hat, wie sie ist, mit ihren ganzen Seltsamkeiten. Sie sind ein absolut unmögliches Gespann, und gerade deswegen ist es ihr unmöglich, jetzt einfach aufzustehen und zu gehen. Wegzurennen. Ihn allein zu lassen.

Sie versucht, stark zu wirken. „Du hast es verdient. Vielleicht sogar mehr als zwei Jahre."

„Ja, ich hab noch Glück gehabt. Der Staatsanwalt hat vier beantragt."

„Hätte ich auch."

„Wahrscheinlich mit Recht. Aber ich weiß noch nicht mal, wie ich die zwei Jahre überstehen soll."

„Hast du dich je bei dem Mann entschuldigt?"

„Er hat es nicht angenommen." Er schließt die Augen, sie rückt wieder enger an ihn. Legt ihren Kopf viermal an seine Schulter, nimmt ihn weg, lehnt ihn an. Kommt zur Ruhe.

„Wie spät ist es eigentlich?", fragt sie ihn schließlich.

„Irgendwas um drei. Oder danach. Keine Ahnung."

„Dann hast du jetzt noch vielleicht zwei oder drei Stunden, um da reinzugehen und nicht an Montag zu denken."

„Ach, Quatsch. Da komm ich doch nicht mehr rein. Lass gut sein, ich mach mich am besten gleich einfach auf den Weg."

„Nein, du bleibst. Das mit dem Reinkommen übernehme ich." Sie steht auf und reicht ihm die Hand. „Und jetzt komm, du verdammter Schläger, und verbrauch deine Energie da, wo sie hingehört."

Sie hakt sich bei ihm ein, und sie marschieren am Ufer zurück bis zur bizarren Landschaft aus halbfertigen, grünen Konservenauen und einigen versprengten gelben Baufahrzeugen und merken nicht, was gerade hoch über ihnen auf der Brücke wirklich passiert. Auch nicht der fette Alte, der eben im Vollrausch eingepennt ist, während im Fernseher noch eine Weile ein paar mittellose Hausfrauen um die Wette stöhnen, bis es irgendwann klickt und der Videorekorder eine völlig durchgenudelte Kassette ausspuckt.

Als sie reinkommen, schaut Witold ihn spöttisch an. „Peter? Du schon wieder? Wen willste denn jetzt anmachen?"

„Der ist mit mir hier", entgegnet Becky. „Können wir jetzt?"

„Nee, könnt ihr nicht", sagt Wolfgang entspannt. „Das heißt, du schon, aber den haben wir jetzt zweimal hier rausbugsiert, irgendwann ist mal gut."

Sie beugt sich zu ihm rüber, flüstert ihm ins Ohr, er zieht die Augenbrauen hoch, sie flüstert weiter. Danach schaut

Wolfgang ihn lange und streng an. „Peter, du weißt, was ich früher von Beruf war, oder?"

Peter nickt.

„Du weißt, was mit dir passiert, wenn ich heute Nacht auch nur die kleinste, die klitzekleinste Beschwerde über dich höre, oder?"

Er nickt abermals.

„Witold, hol die Kickerleute und Linda mit ihrem Typen doch bitte mal nach vorne."

„Wofür? Willst du die Party nach draußen verlegen?"

„Sag mal, wolltest du nicht noch ein paar Flaschen einsammeln? Also. Dann kannste die paar Kollegen doch gleich mitbringen, ja?"

Als sie alle in den Vorraum treten und Peter dort stehen sehen, klappen ihnen fast synchron die Münder auf. Wolfgang holt sie zusammen. „So, Freunde, jetzt hört mal zu. Der Junge hier geht am Montag in den Bau. Der hat Scheiße gebaut, da waren die beiden Nummern heute Abend gar nix gegen. Ist auch egal. In den Bau gehen ist jetzt nicht ganz so lustig, und deswegen lassen wir den jetzt hier noch mal rein. Er hat mir versprochen, dass er sich benimmt, und ich glaub ihm das auch. Und er weiß auch, was passiert, wenn er sich nicht benimmt. Ach so: Und wenn ich das richtig sehe, Peter, muss hier ja auch noch einer für sein verlorenes Kickerspiel bezahlen. Ich hoffe, du hast genug Kohle dabei, mein Freund. Also: Wir bringen auch das hier jetzt alle zusammen friedlich über die Bühne, okay?"

Sven und Peter reichen sich die Hand, Linda streicht ihm sogar verlegen über die Wange, die dicke Ina bricht in Tränen aus und fällt ihm um den Hals, dann auch Britt und Tom und am Ende Becky.

Als Witold durch die Türe kommt und auf Wolfgang zugeht, stehen Peter und seine Clique noch immer einigermaßen aufgelöst da. Er blickt entgeistert zu Wolfgang rüber: „Mein Gott, da sammel ich nur eben ein paar Flaschen ein und du machst hier 'ne Trauergemeinde auf." Und dann, zu den anderen: „Mann, Leute, jetzt reißt euch mal zusammen! Was soll ich denn sagen? Ich wohn in dem Laden. Und jetzt geht feiern."

Und das tun sie.

Paul

Als Meik diese seltsamen Sachen sagt, diese beiden kurzen Sätze, ist es schon passiert. Er sagt sie, kurz nachdem beide beschlossen haben, sich auf den Rückweg zu machen. Vielleicht lassen sie Paul ja wieder rein, denken sie, denn er hat sich schließlich wieder beruhigt, er wird sich entschuldigen, und sie werden einfach noch ein bisschen abrocken, vielleicht sogar so lange, bis der Laden endlich und für immer dicht macht.

Aber Paul rockt nicht mehr.

Paul macht zwei Schritte und drei Handgriffe, dann rutscht er ab. Meik, der vorgegangen ist, hört nur Pauls entsetzlichen Schrei, der klingt, als werde er gerade abgestochen, als erlebe er gerade seinen eigenen Tod, und genauso fühlt sich das für Paul auch an, als er zwanzig Meter tief fällt, bevor sich das Seil spannt, ihn ein fürchterlicher Ruck durchfährt und sich die Schlinge sofort so fest um seinen Bauch schließt, dass das Seil tief in seine Haut schneidet. Ein zwanzig Meter langes Pendel baumelt unter der Müngstener Brücke, und Paul ist das Gewicht ganz unten.

Als er merkt, dass er noch lebt, dass dies nicht das Ende ist, jedenfalls noch nicht, als er den Schmerz an seinem Bauch spürt und den in seinem Rücken, verursacht durch den immensen Ruck, da schreit er so jämmerlich um Hilfe, dass es Meik in den Ohren weh tut. Er kann das nicht ertragen, dieses Jammern, dieses Wimmern, diese Rufe, die ihn so sehr an sein eigenes Wimmern erinnern, an das Wimmern eines kleinen Kindes, eines zehnjährigen Meik, in dem Moment, da sein Vater das Kinderzimmer wieder verlässt.

Also kann Meik auch nicht bleiben, er kann dem baumelnden Paul nicht helfen, er muss hier weg. „Tut mir leid!", ruft er nach unten.

Paul schaut ihn ungläubig an.

Und dann: „Ich will gern ein guter Mensch sein, aber ich glaube, das krieg ich irgendwie nicht hin."

Paul schaut zu, wie Meik verschwindet. Er begreift das nicht, ist für einen Moment überzeugt, dass Meik jetzt Hilfe holen wird. Aber nichts passiert. Meik verschwindet im schwarzen Wald wie ein Tier der Nacht, und er wird nie wieder auftauchen. Die Nacht wird ihn verschlucken und aus Pauls Leben ausradieren wie einen schwachen Bleistiftstrich. Es wird so sein, als hätte es ihn nie gegeben.

Paul wird sterben. Sterben, wenn ihm nicht sehr bald jemand hilft. Und so schreit er es in die Nacht hinaus, schreit sich die Seele aus dem Leib, schreit, bis er kotzen muss, und er kotzt aus achtzig Metern Höhe auf die halbfertigen Konservenauen. Unmittelbar nachdem er seinen Magen entleert hat, was erheblich nach Bier schmeckt, will er sterben. Er will einfach nicht mehr sein. Reue kriecht durch sein Innerstes, er kann sie nicht orten, sie ist überall und sie richtet sich an alles. Die Schlinge zieht sich immer fester um seinen Bauch und er schreit wieder und wieder verzweifelt um Hilfe. Er schaut nach unten. Schemenhaft erkennt er eine Gestalt, die zügig von draußen ins Exit hineinläuft.

Atemlos tritt ein Typ an die Kasse. „Le-le-leute, ich gla-glaglaube, da draußen sch … sch …"

Vossi, der gerade vorne Luft schnappt, wirft Wolfgang einen jener Seitenblicke zu, die das Gegenüber besser nicht mitbekommen sollte. Wolfgang beugt sich väterlich zu dem Typ: „So, jetzt bleib mal ganz locker. Also: Wer scheißt da draußen? Vielleicht ging's ja nicht mehr anders."

„N-n-n-nee, neeeeee! Da sch-sch-scheißt keiner. Da sch-sch-schreit einer. Einer sch-sch…"

„Schreit?"

„Schreit! Ja! Wo is 'n der Witold? Der mu-mu-muss mal da raus, ja?"

„Der muss gar nichts", raunzt ihn Vossi an, „damit du das mal klar siehst, mein Freund: Wenn hier einer gar nichts muss, dann …"

„I-i-ist ja gu-gu-gut. A-a-aber i-i-ich hab wirklich Sch-sch-schreie gehört, ich glaub, von oben oder so."

Wolfgang tut so, als überlege er angestrengt. „Vielleicht 'n Ballonfahrer. Ist ja jetzt die Zeit."

„Jetzt v-v-verarsch mi-mi-mich nicht, ja?"

„Mach ich nicht. Du bist doch auch Stammgast, oder?“

„Je-je-jede Wo-wo-woche.“

„Und, wie lange brauchst du so für ein ganz normales Gespräch?“

„Wolfgang!“ Vossi schaut ihn mahnend an, gleichzeitig muss er sich zusammenreißen, um nicht loszuprusten.

„Nee, war jetzt fies, geb ich ja zu“, beginnt Wolfgang wieder, „aber egal: Wie viel hast ’n du schon so getrunken?“

„Ga-ga-gar nicht viel! Mann, da sch-sch-schreit echt einer, ich bin doch nicht blö-blö-blö …“

„Blöd. Fehlt noch ein d in deinem Satz. Na komm, Vossi, gehen wir mal eben nachschauen.“ Wolfgang schiebt Vossi gerade zur Tür, als Witold aus dem Laden kommt.

„Witold, mach ma bitte Kasse, ja?“, ruft ihm Wolfgang noch über die Schulter zu und verschwindet halb nach draußen.

„Wieso, wo wollt ’n ihr hin? Was is ’n los da draußen?“

„Da schreit einer.“

„Wie, da schreit einer? Und da soll ich Kasse machen? Ihr könnt mich ma.“ Witold folgt ihnen, sie treten nach draußen, die drei und der Stotterer, und laufen auf die Brücke zu. Bleiben kurz stehen. Lauschen.

„Hörst du was?“, fragt Wolfgang.

„Nee, du?“, entgegnet Witold.

„Da wa-wa-war aber was! Ich schwör’s!“

„Klar, Samariter.“ Wolfgang verliert die Geduld. „In deiner Birne vielleicht.“

„Bi-bi-bin kein Samariter. Aber w-w-was ich gehört hab, ha-ha-hab ich gehört. Ehrlich, verda-da-dammt. Vielleicht hat der ja grade keine Pu-pu-puste mehr zum Schreien.“

„Ja, ich hab gleich auch keine Puste mehr. Kommt, wieder rein mit euch."

Sie drehen sich gerade weg, da bringt Paul von oben noch einmal einen Schrei zustande. Und noch einen. Und noch einen.

Sie fahren wieder herum und starren schräg nach oben.

„Ich glaub's nicht! Das kam von oben!", ruft Wolfgang.

„Na sa-sa-sag ich doch!"

„Witold, holst du mal grad die Lampe?", bittet er Witold, der rennt rein, holt sie schnell hinter der Kasse hervor und läuft hinter den anderen her, die schon längst auf dem Weg zur Brücke sind. Darunter angekommen, bleiben sie stehen. Wolfgang schaut nach oben. Er sieht einen am Seil hängen. „Ach du Schande. Nee, oder? Nee. Vossi, sag, dass ich mich vergucke. Da hängt einer …"

„Du verguckst dich nicht", sagt Vossi. Dann ruft er nach oben: „Ey, was machst 'n du da?"

„Na, was macht er da? Hängen! Ich glaub das nicht. Ey, du da! Lass doch los, du Feigling!"

„Wolfgang!"

„Ja stimmt doch! Jetzt sollen wir hier 'n Selbstmörder retten, oder was? Und so was in der letzten Nacht, das darf ja wohl nicht wahr sein. Weißt du noch, der Typ, der damals von oben direkt ins Bratenfett der Frittenbude geknallt ist? Hör auf, so 'ne Nummer brauch ich nicht noch mal."

Oben dreht sich Paul so, dass sie sein Gesicht erahnen können. Witold stößt atemlos dazu, wirft die Lampe an, sie schauen nach oben und trauen ihren Augen kaum. Witold erkennt ihn als Erster: „Mann, das ist doch der Typ von vorhin! Der die Elli angegraben hat. Der mit dem Manowar-T-Shirt an. Den haben wir doch rausgeschmissen."

„anowar."

„Was?"

„Da fehlt ein M drauf."

„Mir doch egal. Der springt ja wohl kaum wegen dem T-Shirt. Und wegen der Elli ja wohl auch nicht, oder? So doll is die ja nu nicht, die Elli."

„Och, ich fand die aber ganz okay, damals."

„Was, Vossi, du auch? Ich dachte, die hätte nur der Uwe …"

„Nee, nee, Witold! Wissen auch noch andere, was gut ist."

Dem Stotterer dauert das alles ein bisschen zu lange. „Vie-vie-vielleicht hört ihr jetzt mal mit eurem Ma-ma-macho-gequatsche auf und helft dem Ma-ma-mann da oben?"

„Oh, unser Sa-sa-samariter wieder", ruft Wolfgang, „hör mal, geh du doch lieber rein und ta-ta-tanz ein bisschen."

„Kannst auch Ka-ka-asse machen", schlägt Vossi vor.

„I-i-ihr seid echt f-f-fies, Wolfgang."

„Nee, der ist fies, der da oben hängt, der ist total fies. Der versaut mir hier glatt den letzten Abend in meinem Laden. Das ist so fies, dass ich den jetzt am liebsten da hängen lassen möchte." Wolfgang schreitet jetzt auf und ab, blickt immer wieder nach oben, kann es nicht fassen.

„He, d-d-du da oben! Wir he-he-helfen dir! Wir retten di-di-dich!", ruft der Stotterer.

„Ey, du Samariter, jetzt versprich dem mal nicht zu viel", raunzt Witold ihn an, „wie willste denn das machen? Willste da auch noch hoch, oder was?"

„Wir mü-mü-müssen die Po-po-polizei rufen, sofort!"

„Ey, du da oben auf der Eisenbahnbrücke! Ich bin's, Witold, der von vorhin an der Tür! Bist 'n Pendler, oder? Kommt aber kein Zug mehr heute!" Witold und Vossi prusten los.

Plötzlich wird Wolfgang ernst. „So, kommt, jetzt hört ma auf, Leute." Sie schauen ihn an und nicken. Es arbeitet längst in ihm. Er hat es komplett vor Augen: Feuerwehr, Polizei, Höhenrettung. Hubschrauber, Spektakel, Schaulustige und morgen ruft RTL an. Aber nicht wegen der letzten Nacht in seinem Laden, sondern wegen eines Irren, der unter der Brücke hängt. „Ob wir wollen oder nicht, der hängt da jetzt dran, und wir hängen da jetzt drin und wir müssen den da runterkriegen. Und wenn ich das richtig sehe, hat der sich das Seil auch noch elegant um den Bauch geschnürt. Wenn der da noch ein bisschen hängt, dann ist gleich Feierabend."

Von dem, was unten gesprochen wird, bekommt Paul, dessen Bewusstsein sich seinen Schmerzen langsam, aber sicher beugt, oben nicht viel mit. Aber er sieht, dass Menschen da unten stehen und zu ihm raufschauen, und diese Menschen werden etwas tun. Sie müssen.

Unten hat Wolfgang einen Plan. „So. Ich ruf jetzt die Bullen, die denken dann wieder, ich verarsche sie, aber vielleicht hat ja der Reinhard Dienst, dann passt das schon. Witold, du machst bitte die Kasse, sieh zu, dass uns nicht alle rauslaufen. Vossi ..."

„Ich löse gleich Uwe ab."

„Du löst gleich Uwe ab. Und du, Samariter, hältst hier Wache."

„I-i-ich? Was soll ich denn ma-ma-machen?"

„Keine Ahnung. Du kannst doch jetzt schon ganz gut mit ihm. Sing ein Lied, erzähl ihm was, halt ihn bei Laune."

„U-u-und wenn der da ru-ru-runterfällt?"

„Wird er nicht. Das Seil scheint oben ganz gut befestigt zu sein, wie er das auch immer gemacht hat. Eher wird er von der tollen Schlinge um seinen Bauch zerschnitten. Aber dann fällt ja vielleicht nur die Hälfte runter."

Dem Samariter fällt jetzt nichts mehr ein, und während Wolfgang, Vossi und Witold ihn dem Brückenpendler überlassen, da hören sie schon, wie er wackere „Wi-wi-wird schon – wir he-he-helfen dir – du scha-scha-schaffst das"-Floskeln nach oben brüllt. Wolfgang wendet sich wieder an Witold. „Hör mal, Witold, sollte der nachher noch mal reinkommen …"

„Der da oben?"

„Der unten, Mann. Der Samariter. Der oben kommt höchstens noch in den OP, wenn er Glück hat. Unseren stotternden Samariter mein ich. Wenn der noch mal reinkommt, dann trinkt der für den Rest der Nacht frei, ja? Das müssen wir schon machen."

„Du bist der Chef, Wolfgang."

„Ja, super, und deswegen darf ich mich jetzt auch um diesen ganzen Mist hier kümmern."

Susann

Wieder steht sie vorne bei Wolfgang und Witold, diesmal allein. Sie hört, wie er, für seine Verhältnisse ziemlich aufgeregt, telefoniert, wie er was von einem erzählt, der an einem Seil unter der Brücke hängt. Sie war vorher noch kurz an ihrem Wagen und hat ihre Tasche geholt. Da hing noch niemand drunter. Sie schaut Witold mit großen Augen an, der macht nur eine Handbewegung, die einen kleinen Hüpfer andeutet.

Als Wolfgang auflegt, schaut sie ihn besorgt an. „Was ist denn los?"

„Da hängt einer unter der Brücke. Also lebend, an 'nem Seil. Hab grade die Bullen gerufen. Die schicken jetzt so ziemlich alles, was im Dienst ist."

„Was? Du machst Witze, oder?"

„Von wegen. Willste mal gucken gehen? Sind schon ein paar draußen."

Sie überlegt wirklich für einen kurzen Moment, rauszugehen. Hinter ihr huschen schnell ein paar andere vorbei, die auch gerne mal ein menschliches Pendel sehen wollen. Sie beschließt, dass sie es nicht will. „Nein, muss ich jetzt nicht haben, so was. Ich wollte nur …"

Wolfgang schaut sie besorgt an. „Du siehst echt fertig aus. Ist dir wieder schlecht geworden?"

Sie nickt.

„Du schaffst es nicht mehr, oder? Geh lieber nach Hause, Susann, ruh dich aus."

Aber sie wendet sich an Witold: „Kann ich noch mal deinen Schlüssel haben?"

Der blickt entgeistert drein. „Was? Noch ’ne Runde? Wo ist denn dein Typ?“

„Nee, ich brauch einfach mal ’ne Pause. Und ich möchte mich auch gerne umziehen. Und das möchte ich eigentlich nicht in meinem Wagen machen.“ Er reicht ihr den Schlüssel.

Wolfgang lässt nicht locker: „Susann, im Ernst, du gehörst nach Hause in dein Bett. Soll ich dir ein Taxi rufen?“

Aber sie sagt etwas, das Wolfgang nie vergessen wird: „Ich bin doch zu Hause. Wieso sollte ich hier weg?“ Sie nimmt den Schlüssel. „Ich werde eine Zeitlang brauchen, okay?“

„Wie lang ist denn eine Zeitlang?“, fragt Witold noch, aber das hört sie schon nicht mehr.

Sie schließt sich in Witolds Wohnung ein. Der Dicke nebenan scheint endlich zu schlafen, die Orgel ist verstummt. Gut so. Sie streift die verschwitzten, verrauchten, bekotzten Klamotten ab. Sie nimmt eine Dusche, die erst nach fünf Minuten so richtig heiß wird, sie kramt danach ihr Schminkzeug hervor, sie macht sich schön, richtig schön, sie zieht das schwarze Kleid über, das sie sich ausgesucht hat für das Ende dieser Nacht.

Sie ist plötzlich ganz ruhig. Keine Schmerzen, auch keine Traurigkeit. Der Moment ist so, wie sie ihn sich gewünscht hat.

Sie holt Silberstift und ein Stück schwarzes Papier aus ihrer Tasche und schreibt, ohne lange darüber nachzudenken, so als warteten die Worte schon eine Zeitlang darauf, dass sie sie endlich niederschreibt:

Ihr lieben Leute!

Ihr habt mir hier unten einige wirklich schöne Stunden geschenkt. Manche waren auch seltsam, andere irgendwie kacke und wir hatten uns auch mal an den Köppen. Aber ich liebe euch.

An Vossi: Ich hab dir gern die Kabel gehalten.

An Uwe: Danke für die Top Ten.

An Witold: Danke für alles. Und für den Schlüssel.

An Wolfgang: Lass es nicht abreißen. Bitte.

An meine Mädels: Hab euch lieb. Tut mir einen Gefallen: Bleibt länger an Bord als ich.

Eure Susann.

PS: Die Farbe ist egal. Hauptsache schwarz.

Sie faltet den Brief, steckt ihn in einen schwarzen Umschlag, klebt ihn zu und schreibt nur vier Buchstaben darauf: EXIT.

Sie zieht die vierte der *American Recordings* von Johnny Cash aus ihrer Tasche. Sie legt sie ein, sie wird sie durchhören, Song für Song, Augenblick für Augenblick. Als das zweite Stück beginnt, dreht sie Witolds alte Anlage lauter, steht auf und schließt die Augen. Und Johnny singt, was Trent Reznor geschrieben hat: *„I hurt myself today to see, if I can feel. I focused on the pain. The only thing, that's real. The needle tears a whole, the old familiar sting. Try to kill it all away. But I remember everything.*

What have I become?"

Teil 3
After dark

Er hat sich drum gekümmert. Und er hatte Glück, dass Reinhard Nachtschicht schiebt, Reinhard, den er noch von früher kennt, als sie gemeinsam auf den Pferden saßen, bis Wolfgang irgendwann keinen Bock mehr auf grüne Uniformen hatte und Reinhard kurz darauf bei einem Einsatz vom Pferd fiel, sich beide Beine brach und seitdem nur noch nachts Telefonhörer abnimmt und andere reiten lässt.

Reinhard kennt Wolfgang, und er weiß, wenn der anruft, macht er keinen Quatsch, dann hat das einen Grund, wenngleich er bei dem Satz „Da baumelt einer unter der Brücke“ schon kurz schlucken muss, bevor er die komplette Maschinerie in Bewegung setzt. Minuten später beginnt das Spektakel. Mehrere Einsatzwagen rasen mit Blaulicht herbei, Feuerwehr und Rettungswagen folgen ihnen, und weil neben den Baufahrzeugen nur noch Platz für einen schmalen Weg bleibt, rauschen sie gepflegt über den Rasen.

Oben erhellen die Strahler eines Hubschraubers die Nacht. Rechts und links des Tals, auf den Anhöhen, werden jetzt Anwohner wach, sie öffnen die Fenster, entdecken den Helikopter am Himmel, wecken ihre Ehepartner oder Schwiegereltern, und gemeinsam spekulieren sie um die Wette. Ja, was denn da wieder an der Brücke los ist und ob denn da wieder einer gesprungen ist und dass das doch bestimmt mit diesem fürchterlichen Schuppen da unten zu tun hat, aber morgen macht der ja für immer zu, na Gott sei Dank. Und dann kann man da auch bald wieder beruhigt langgehen und muss keine Angst haben, dass plötzlich irgendein wildgewordener Rocker aus dem Gebüsch springt und einen mit seiner Mähne erschlägt oder sonst was Schreckliches.

Die Anwohner werden wieder ins Bett gehen und Paul wird dann immer noch da hängen, denn ihn da wegzuholen, das ist kein mal eben. Und natürlich sind einige aus dem Exit nach draußen gelaufen.

Aber nicht Max, denn der muss ein Rätsel namens Anne lösen, es geht um ein Lösungswort mit fünf Buchstaben und der erste ist ein L.

Auch nicht Peter, für den es keine Lösung gibt, aber vielleicht eine Hoffnung, eine leicht unterernährte Hoffnung mit traurigen schwarzen Augen, die zweiunddreißig Mal eine Tür auf- und zumachen muss, bevor sie ihre Wohnung verlassen kann.

Auch nicht Susann, die gerade in Witolds Wohnung auf der Couch sitzt und Johnny Cash hört. Die vierte der *American Recordings* hat fünfzehn Songs, beim letzten singt seine ganze Familie mit und es klingt so, als wisse er da schon, dass es nicht mehr lange dauern wird, aber es klingt nicht einmal traurig, sondern so beschwingt wie eine warme Sommerbrise, die dieses Tal so selten erlebt: *„We'll meet again. Don't know where, and I don't know, when. And will you please say hello to the folks that I know and tell em that I won't be long."*

Die, die rausgerannt sind, werden sich unter der Brücke versammeln, es sind ein paar Dutzend Leute, sie werden dem Samariter dabei helfen, Paul anzufeuern, da oben durchzuhalten. Paul, der am Seil hängt und immer wieder das Bewusstsein verliert, wird mitbekommen, dass da was passiert, er sieht auch den Hubschrauber, die Blaulichter, er hört die Geräusche seiner eigenen Rettung.

Wolfgang, Vossi und Witold werden in der nächsten Stunde lästige Fragen von Männern in Grün beantworten.

Menschen werden zu Paul auf die Brücke steigen, das Seil einholen, ihn befreien, erschrocken sein über die tiefen, blutigen Striemen um seinen Bauch und seine Hüfte. Mit dem Hubschrauber werden sie ihn wegfliegen.

Wenn sie ihn da oben runtergeholt haben, wird es irgendwann nach halb fünf sein, und unten werden sie applaudieren, und der Samariter wird anfangen zu weinen, denn ein bisschen, da ist er sicher, hat auch er den Typen da oben gerettet. Immerhin hat er als Erster die Schreie gehört.

Was sich Paul wird anhören müssen, was er wird erklären müssen, das beginnt erst am nächsten Tag, wenn alles schon vorbei ist. Er wird Schuld eingestehen, aber er wird nichts bereuen. Er schwört sich, nie mehr zu bereuen, sondern nur noch nach vorne zu schauen.

Von Meik wird er kein Wort erzählen. Er wird Meik nie wiedersehen. Es wird so sein, als hätte es ihn nie gegeben.

Nein, wird Paul sagen, er sei ganz allein da oben gewesen. Ob er es wieder machen würde? Klar.

Aber ohne das blöde Abschleppseil.

Susann

Die Dämmerung eines Sonntagmorgens überzieht das Tal. Es ist vorbei. Die Blaulichter sind aus, die Einsatzfahrzeuge fort, der Hubschrauber vielleicht schon zu einem anderen

Drama geflogen. Sie werden sich sicher fragen, wo sie ist. Nicht jetzt, aber später. Sie werden in Witolds Wohnung nach ihr sehen wollen, aber da ist sie nicht mehr. Vielleicht suchen sie sie auch auf dem Klo. Hier aber wird sicher niemand suchen. Sie steht hinterm Haus am kleinen Grab und lächelt. Der, der da drin liegt, heißt genauso wie jener, der dem Tod heute noch mal vom Seil gehüpft ist.

Hier ruht Paul von Müngsten. Es ist eine verdammte Schweinerei, steht auf einem kleinen Holzschild, das schräg auf das Grab gelehnt ist. Vossi hat es eingeritzt. Paul, das vietnamesische Zwerg-Hängebauchschwein, und seine Paulina. Die liegt nicht hier unten, die haben sie verbrannt. Es war so eine typische Vossi-Nummer: Spaziert vor x Jahren mit Uwe und ihr über einen Tiermarkt, entdeckt zwei Ferkel und meint nur: „Komm, die nehmen wir jetzt mit." Stall gebaut, Schweine reingesetzt, fertig.

Aber Paulina wurde nicht alt. Irgendein Köter bellte sie so laut an, dass sie einen Schlag bekam. Danach humpelte sie noch eine Zeitlang zum Steinerweichen durch die Gegend, dann fiel sie tot um. Vossi wollte Paulina eigentlich auf den Grill schmeißen, aber da konnten sie ihn gerade noch von abhalten.

Paul hingegen fühlte sich als Witwer pudelwohl, er marschierte jeden Tag durch halb Müngsten und ließ sich von Spaziergängern so lange mit Schnagereien vollstopfen, bis er am Ende mehr kugelte als lief. Er schaffte es sogar mal in die Zeitung. Paul war ein Star.

„Mein Gott, was hab ich dem ein Loch gebuddelt." Vossis ruhige Stimme ertönt plötzlich hinter ihr.

Sie fährt erschrocken herum. „Wieso bist du nicht drin?"

„Gibt doch noch Uwe. Ich brauch mal frische Luft." Er zündet sich eine Kippe an.

„Ja", sie schüttelt den Kopf, „genau."

„Was machst du hier so alleine? Und wieso trägst du ein Kleid? Ich mein, ist ein schönes Kleid, so ist es ja nicht, aber, ich sag mal: Zu schön für das hier."

„Zu schön für was? Für den Laden?"

„Der Laden ist Geschichte, Susann. Das da drin ist jetzt nur noch ein nicht enden wollender Abschied. Die Mädels heulen alle. Sie stehen an der Tür oder draußen, fallen einem um den Hals und flennen. Das kann ich jetzt nicht haben."

„Dann lieber mich sehen, ja? Da bin ich aber geschmeichelt."

Er schaut auf das Schild am Grab und muss grinsen. „Sag mal", beginnt er, „warst du eigentlich an dem Abend da, als die paar Typen zum Kiffen hier hinters Haus gegangen sind? Da war unser Paul gerade eingezogen."

„Hier sind so oft Typen zum Kiffen rausgegangen, ja, ich glaube, an einem der viertausend Abende war ich auch da."

„Nee, ich mein die, die hier waren an dem Tag, an dem wir dem Paul gerade seinen Stall gebaut hatten. Da ziehen die sich hier schön einen rein und hören plötzlich ein Grunzen und sehen Paul aus seiner Hütte stapfen. Der eine rennt völlig aufgelöst rein und schreit: Mann, ich hör auf zu kiffen! Jetzt seh ich hinterm Exit schon Schweine!"

Er lacht und hustet, sie lächelt nur sanft, hält sich im nächsten Moment den Bauch, presst die Lider zusammen.

„Alles klar, Susann?"

„Schöne Geschichte."

Er schaut ihr in die Augen und entdeckt dort etwas Endgültiges. Er zieht lange an seiner Kippe, kaut auf seiner Unterlippe, schweigt.

„Lässt du mich mal ziehen?", sagt sie plötzlich.

„Du rauchst?"

„Lass mich ziehen."

Er reicht ihr die Kippe, sie pafft kurz, hustet, gibt sie ihm wieder.

„Das killt dich irgendwann."

Er schluckt.

„Vossi?"

„Ja?"

„Ich möchte jetzt gerne alleine sein."

Sie nimmt ihn in den Arm, legt den Kopf an seine Brust, er streicht ihr durch die Haare, sie lässt von ihm ab.

„Ciao, Vossi."

„Ciao, Susann."

Er spürt sein Herz klopfen, seine Knie werden weich, der Boden scheint zu vibrieren. Er zieht noch einmal an der Kippe, wirft sie weg, dreht sich um und geht und weiß, dass er Susann nie wiedersehen wird.

Als er hinter der Wand verschwunden ist, holt sie die kleine Pillendose hervor, die sie die ganze Zeit in der Hand versteckt gehalten hat.

Die Letzten

Nur die wenigsten haben bis kurz vor fünf durchgehalten. Die meisten haben schon vorher Abschied genommen.

So wie Silke, Guido und Sam, die gefeiert und getrunken und am Ende die Nacht zu dritt verbracht haben, das hatten sie auch lange nicht mehr, und sie werden am Sonntag gemeinsam frühstücken und dabei quatschen und lachen über diese verrückten Stunden. Aber eine Figur werden sie aussparen, die hat Sam herausgeschnitten und mit sofortiger Wirkung aus dem Film gestrichen. Comeback ausgeschlossen.

Als der Morgen mit fahlem Dämmergrau über das Tal zieht, ist aus der rappelvollen verqualmten, stinkenden Hütte eine fast leere verqualmte, stinkende Hütte geworden.

Sie haben die letzten Songs auf die Wunschliste geschrieben, ihre letzten Tänze getanzt, ihre letzten Biere getrunken, ihre letzten Chips eingelöst. Manche haben sich Eddings geschnappt und sich auf den Fliesen verewigt.

Sie sind von der Tanzfläche gegangen, haben noch einmal eine Runde gedreht, sich noch einmal auf die Couch plumpsen lassen, meistens mussten dann ihre Freunde sie rausziehen, weil sie nicht mehr in der Lage waren, selber aufzustehen.

An der Kasse haben Wolfgang und Witold ihnen zugenickt, sie in den Arm genommen oder ihnen einfach die Hand gegeben. „Wir sehn uns“, hat Wolfgang den meisten zugerufen. „Aber nicht mehr hier“, hat so mancher geantwortet, und draußen haben sich Menschen heulend voneinander verabschiedet, die hier gemeinsam ein Leben geteilt hatten.

Viele haben sich noch einmal umgedreht, versonnen das weiße Schild mit der schwarzen Schrift betrachtet, das alte Fachwerk, die halb abgerissenen Poster an den Wänden.

Wer noch fahren konnte, ist in sein Auto gestiegen, hat aber keine Musik angemacht, sondern lieber der Stille gelauscht.

Andere haben den Taxifahrer gebeten, doch bitte das Radio auszuschalten.

Die wackeren Bergläufer, die den ersten Bummelzug des frühen Sonntags erwischen wollten, haben gemeinsam die Höhe bezwungen, in kleinen Gruppen, sie haben nicht mehr viel gesprochen, weil es einfach nichts mehr zu sagen gab.

Vossi steht wieder oben bei Uwe, aber er denkt nur an Susann, bis Uwe sagt: „Das war's."
„Nein", antwortet er, „das war's nicht. Jetzt kommen erst mal noch die Onkelz."

Uwe schüttelt nur lachend den Kopf, jetzt ist ihm auch schon alles egal, er rennt runter und geht zu den anderen, sie tanzen und grölen und lachen und tanzen und grölen, doch Vossi bleibt still dort oben stehen. Wolfgang steht an einem der Tische und schaut ihnen einfach nur zu.

Wir recyceln die Vergangenheit
Und das, was übrig bleibt
Wird es nur einmal geben
Kann uns keiner nehmen.

Wir sagen gute Nacht
Wir stellen die Stühle hoch
Es ist vollbracht
Es ist vollbracht

Wir nehmen unseren Hut
Alles wird gut
Alles wird gut
Alles wird gut

Alle tanzen, nur Witold nicht. Denn Witold ist weg. Schon lange.

Er ist vorhin noch einmal zu Uwe gegangen, hat sich *Geile Zeit* gewünscht, Uwe hat es zum siebten Mal gespielt. „Danke", hat ihm Witold zugerufen, hat seine Freundin an die Hand genommen, die irgendwann in der Nacht dazugestoßen war, und ist gegangen.

Seine geile Zeit im Exit ist zu Ende. An einem frühen Sonntagmorgen, als im sanften Grau der Dämmerung die ersten Vögel erwachen.

„Ein schöner Morgen, oder? Wirklich schön", hat er zu ihr gesagt und gelächelt. Sie sind zu ihr gefahren.

Und wenn es jetzt sinkt, das Schiff, wenn in seinem Bauch schon alles ruhig ist und oben an Deck der Dicke immer noch einsam Orgel spielt, dann ist der Kapitän schon aufgebrochen zu neuen Ufern.

Der Song endet, die Onkelz nehmen ihren Hut und Vossi hat keine Ahnung, was er jetzt spielen soll. Denn eigentlich war es das. Uwe ist wieder bei ihm, er konnte das nicht sehen, wie Vossi da oben so alleine stand. „Und jetzt?“, fragt er und schaut Vossi schulterzuckend an. Der schaut nach unten, da stehen sie und warten, ratlos, verloren sehen sie aus, Vossi hebt die Hand wie zum Gruß, als wolle er sagen: Wartet, einen habe ich noch. Und er überlegt kurz und sucht dann herum und kramt eine Uralt-CD hervor. Er hält sie Uwe vor die Nase. Der lächelt. „Gute Wahl.“

„Ja“, nickt Vossi. „Und danach ist Schluss.“

Becky steht neben Peter am Rand der Tanzfläche, der nicht mehr weinen muss, er hält sie fest, sie wischt sich ihre eigenen Tränen aus den Augen, aber sie muss nur einmal wischen, nicht achtmal, nicht sechzehnmal oder wer weiß wie oft. Auch die anderen aus Peters Clique stehen bei ihnen, Arm in Arm. Die ersten Töne von *Stairway to heaven* beginnen, und jetzt sind nur noch die drauf, die den Laden jeden Tag aufgemacht und wieder abgeschlossen haben, auch Wolfgang.

Max und Anne sitzen auf der Eckcouch links auf der Empore, die noch nicht ganz so versifft ist wie die anderen neben der langen Bar, sie schließen die Augen und singen leise mit. *There's a lady, who's sure, all that glitters is gold, and she's buying …*

Plötzlich setzt sich Anne gerade auf und atmet tief durch: „So, und jetzt ist gut.“

„Was, bei dem Song? Den können wir doch jetzt auch noch …“

„Wir sind raus, Max. Das ist nicht mehr unser Abschied, sondern ihrer.“ Sie zeigt auf die Tanzfläche. Da tanzen jetzt Vossi und Uwe und Wolfgang und Elli und Steffi und Betty und Nicki und nicht Susann. Anne und Max drehen eine letzte Runde, sagen einfach Danke.

Max lässt die schwere Tür zufallen. Schaut sich um. „Wo ist eigentlich der Witold?"

Anne schweigt und zuckt nur mit den Schultern.

Draußen starrt Max Richtung Brücke. „Da oben hat der gehangen, ich glaub's nicht. Und ich hab davon nichts mitbekommen." Sie ignoriert es. „Komm, wir gehen noch mal ans Wasser."

„Was? Jetzt noch?"

„Ja, los!"

Sie ist schon auf dem Weg, er läuft ihr nach und glaubt, ganz weit hinten eine schmale, schwarze Gestalt zu erkennen. Wie ein Schatten, der plötzlich verschwindet.

„Lasst uns auch gehen", ruft Peter drinnen den anderen zu. Sie winken den Tanzenden, die lächeln und winken zurück, mehr braucht es nicht.

Als sie gemeinsam den Berg nach Solingen besteigen, schweigen sie nicht. Sie erzählen ihre Weißt du nochs. Von der einen Verrückten, die jedem im Bistro ihr Intimpiercing gezeigt hat, mein Gott, das ist doch auch schon zehn Jahre her, oder? Von Engelchen, gerade anderthalb, die an einem Samstagnachmittag bei Vossis Soundcheck einfach mal 'ne Runde zu Rammstein abgerockt hat, das ist doch mal echt eine sinnvolle Frühprägung. Von der letzten Mark, die sie im Exit versoffen haben, um sich um Punkt Mitternacht die ersten Euros zu ziehen, zurückzulaufen und sie gleich gewinnbringend ins nächste Flens zu investieren. Von den legendären Schlagerpartys. Tanz den Heinz, bis nichts mehr geht, ach, und Flieger, grüß mir die Sonne! Von so vielen anderen, so vielen Nächten, so vielen Songs.

Becky hält Peters Hand, sie wissen beide nicht, was richtig ist und was nicht, und dass es manchmal einfach besser ist, nicht danach zu fragen.

Peter wird sich später am Bahnhof von allen verabschieden, auch von Becky, sie werden sich in den Bummelzug setzen, aber er wird lieber laufen, allein in den Morgen hinein. Am Montag wird er verschwunden sein und keiner wird ihn besuchen.

Außer Becky.

Drinnen ist Vossi noch einmal nach oben hinter die Anlage gestiegen. Er schaut in ihre müden Gesichter, auf ihre Bewegungen, die schwerfälliger werden. Er lauscht ihrem Gesang, der immer heiserer wird.

Wolfgang klopft in dem Moment an Witolds Wohnungstür. Er öffnet sie, sieht die Hülle der Cash-CD auf dem Wohnzimmertisch liegen, wundert sich. Seit wann hört Witold Johnny Cash?

Die CD versteckt den schwarzen Umschlag, den erst Witold entdecken wird, aber viel später.

Er läuft zurück in den Laden, schaut auf dem Klo nach, erkundigt sich bei den anderen nach Susann, aber er erntet bei allen nur Kopfschütteln. Bis er Vossi fragt.

„Susann? Die ist nach Hause gegangen. Hat sich vorhin doch noch von mir verabschiedet. Bei dir nicht?"

„Nein, bei mir nicht. Vielleicht war ich da auch noch mit den Grünen zugange?"

„Mit Sicherheit."

„Das ist ja schade jetzt. Aber sie konnte wohl einfach nicht mehr, oder?"

„Nein, Wolfgang. Sie konnte nicht mehr." Vossi spürt wieder dieses Zittern in den Knien.

Wolfgang atmet tief durch. „Ist schon gut so. Sie soll sich mal ordentlich ausschlafen. Hoffentlich geht's ihr bald besser."

Vossi nickt und sagt kein Wort mehr, während Susann draußen in ihrem schwarzen Totenkleid in den Morgen hineinspaziert.

Uwe kommt zu ihm rauf. „Das Solo hat begonnen. Jetzt haben wir's gleich geschafft." Und es tut weh.

Anne, Max und Susann

Anne streckt ihre Beine aus. Das Gras der Konservenauen unter ihnen ist kalt und feucht. Nebelschwaden verwandeln die schwach schimmernde Wupper in eine ewig dahinfließende Trauernde. Über ihnen aber scheint zwischen blassgrauen Sommerwolken ein zaghaftes Stück Himmel hindurch. Diesmal ist sie schwach blau, die Hoffnung.

Drinnen ist der Song, eben noch ein Orkan, in einem leisen Flüstern verklungen. Das allerletzte Wort, heaven, nicht mehr als ein Hauch. Jetzt tanzt niemand mehr. Max schaut zur Brücke hoch. „Ich kann es nicht fassen, dass der da gehangen hat. Und wir waren drin."

„War vielleicht auch besser so, dass wir drin waren."

„Keine Frage."

„Was wird jetzt mit ihm?“

„Wahrscheinlich sitzt er heute Abend schon in irgendeiner Talkshow: *Der Irre von der Müngstener Brücke, Mensch, erzählen Sie doch mal!*“

Sie lächelt sanft und streicht sich die dunklen Haare aus dem Gesicht. Max lässt den Blick schweifen. „Ich glaube, der kriegt sich gar nicht mehr in den Griff.“ Dann, nach einem Zögern: „Aber ich weiß es nicht.“

Sie gähnt und streckt sich. „Ich weiß, dass ich gleich mal irgendwann ein Bett brauche.“

„Ich auch. Wie wär's mit meinem?“

Sie schaut zu ihm hoch und lächelt. „Ja, gerne. Aber nur, wenn du eine schöne warme Decke hast.“

„Lässt sich machen. Ist dir kalt? Trotz der Strickjacke? Ich hab im Wagen noch einen Pullover.“

„Nein, lass mal. Passt schon.“

„Wenn wir durch den Wald gehen, sind wir schnell bei mir, ich wohn ja da oben.“ Er zeigt auf die Wälder, hinter denen irgendwann am Berg die ersten Häuser anfangen. „Fahren ist ja wohl nicht mehr.“

Es fühlt sich an wie Liebe, als sie ihm einen Kuss auf den Hals gibt und versonnen auf den Fluss schaut. Es fühlt sich richtig an.

Wie ein gestürzter schwarzer Engel erscheint Susann plötzlich auf einer Anhöhe. Zuerst erschrecken sie, als sie die zierliche schöne Frau dort erblicken, die mehr gezeichnet hat als diese letzte Nacht, weil der Tod schon viel zu lange den Stift führt. Max begreift, dass der Schatten von vorhin keine Einbildung gewesen ist.

Als sie langsam auf die beiden zukommt, scheint sie zu schweben. Sie trägt ein langes, schwarzes Kleid, die zierlichen Schultern sind nackt, sie schaut nicht mehr aus wie die Frau, die gerade eine ganze Nacht lang Biere verteilt und zwischendurch kotzend über dem Klo gehangen hat. Ihr Gesicht schimmert fast weiß, ihre langen, dunkelblonden Haare liegen glatt auf ihren Schultern, um den Hals trägt sie eine kleine Silberkette mit einem Kreuzanhänger.

Ein Lächeln liegt auf ihren Lippen, die dunklen Augen schimmern sonderbar verklärt.

„Da haben sich ja zwei gefunden", begrüßt sie Max und Anne, die nur schweigend nicken.

Sie schaut auf die beiden herab und lächelt sie auf eine Weise an, die Max noch nie gesehen hat. Sie schaut aus wie jemand, der am Ende einer Reise angekommen ist. Eine aufregende Reise, durch Schwärze und Licht, aber jetzt muss es einen Abschied geben.

Max setzt an, um etwas zu sagen, Anne spürt es und legt ihm den Finger auf die Lippen.

Susann lächelt wieder. Max spürt, wie sein Herz zu klopfen beginnt, auch Anne fühlt, wie alles in ihr anfängt zu kribbeln, ihr wird kalt, sie schmiegt sich enger an ihn, beide sitzen da und schauen den schwarzen Engel an.

I'm so tired of being here, schießt es Anne durch den Kopf, es sind die ersten Zeilen von *My Immortal*.

Der Engel zieht an ihnen vorbei, wieder so, als schwebe er über das Gras und die Steine, er streift seine Schuhe ab und steigt in das Wasser.

Susann geht ein paar Schritte, sie spürt die Kälte kaum noch, die an ihren Beinen hochkriecht, die Tabletten wirken längst, sie stellen alles taub, sie nimmt dankbar wahr, wie die Schläfrigkeit sie umfasst, fühlt, wie alles schwer wird, dreht sich noch einmal um, schaut auf die fassungslosen Gesichter am Ufer und sagt leise: „Macht's gut, ihr zwei. Und grüßt das Leben von mir."

Sie schafft noch ein paar Schritte. Dann legt der Tod sie für immer schlafen und der Fluss trägt sie noch eine Weile mit sich.

Anne spürt sich selbst fast gar nicht mehr, nur die Trauer und die Tränen, die aus ihren Augen schießen. Sie klammert sich an Max, kriecht in ihn hinein, er hat das Gefühl, alles Leben entweiche aus ihm, aber es ist hier, dieses Leben, und sie sind beide mittendrin, es hat sie nur gerade an eine neue Grenze geführt.

Er schaut dem toten Körper zu, wie er langsam davongetragen wird, bis der Fluss eine Biegung macht und der schwarze Engel verschwindet.

Als sie sich wieder fängt, küsst sie ihn, so fest, dass es schmerzt. Sie will das Leben spüren, *when you cry, I'll wipe away all of your tears,* sie will es in sich aufsaugen, will den Tod wegküssen, der sich ihnen gerade offenbarte, und sie fallen ins Gras und übereinander her, krallen sich ineinander, verschlingen sich.

Lieben sich.

Danke an …

... Sandra, dafür, dass du immer so viel stärker an mich glaubst als ich selber. Danke für die vielen Arschtritte. Und für die drei unfassbaren Tage in der Eifel, an denen du mich ununterbrochen an den Rechner geschickt hast. Ohne dich wäre es nie fertig geworden.

... Bastian. Für einfach alles.

... Wolfgang, Wietold, Vossi und Uwe für eure Geschichten, eure Kritik, eure Unterstützung. Sandra Köppchen für ihre Ideen, Anregungen und das Testlesen. Melanie Clemens und Michael Schreckenberg dafür, dass sie mit mir an dieses Buch geglaubt haben. Der gesamten Facebook-Exit-Gruppe, vor allem Silke Reicht und Andreas Meyer, fürs Diskutieren, Schwelgen, Songs einstellen, Erinnerungen sammeln …

... meinen Lektor Volker Maria Neumann für die konstruktivste und wunderbarste Kritik, die man überhaupt bekommen kann.

Und ich danke stellvertretend für all die Sängerinnen, Sänger und Bands, deren ungezählte Songs mich beim Schreiben dieses Buches begleitet haben, einem, der von oben zuschaut: Johnny Cash. Machmal braucht es seine Zeit, bis man wirklich das Richtige gefunden hat.

Und was lief jetzt in der letzten Nacht im Exit? Eine Menge. Vossi hat mal aufgeschrieben, woran er sich erinnert:

The Offspring – Pretty Fly
Linkin Park– In the End
In Extremo – Vollmond
The Clash – London Calling
Prodigy – Smack My Bitch Up
Guns n'Roses – Paradise City
Mother's Finest – Baby Love
The Chemical Brothers – Hey Boy Hey Girl
Tool – Schism
Disturbed – Down With The Sickness
Danzig – Mother 94
City – Am Fenster
Tito & Tarantula – After Dark
Rocky Horror Picture Show – Time Warp
Die Ärzte – Zu Spät
Korn – Blind
Depeche Mode – It's No Good
Megaherz – Miststück
The Rolling Stones – Paint it Black
P.O.D. – Youth Of The Nation
U2 – Sunday Bloody Sunday
Cake – I Will Survive
The Police – So Lonely
Papa Roach – Last Resort
Heroes Del Silencio – Entre Dos Tierras
Depeche Mode – Stripped
Evanescence – Bring Me To Life
L'Ame Immortelle – Bitterkeit
Hevia – Busindre Reel
Hooters – All You Zombies
Live – The Dolphin's Cry
Clawfinger – Nigger
Rammstein – Ich Will
Slipknot – Wait And Bleed
Nine Inch Nails – Closer
Limp Bizkit – Break Stuff
Oomph! – Gekreuzigt
Phantoms of Future – Sun
Wheatus – Teenage Dirtbag
Wolfsheim – The Sparrows and the Nightingales
Q Lazzarus – Good Bye Horses
The Bloodhound Gang – Fire Water Burn
Cancer Barrack – Beischlaf mit 60 kg Hackfleisch
Prince – Kiss
Faithless – Insomnia
Jethro Tull – Locomotive Breath
Marilyn Manson – Sweet Dreams
The Cure – Boys Don't Cry
The B-52's – Love Shack
Monster Magnet – Spacelord
Skid Row – 18 and life
Rage Against The Machine – Bullet In The Head
Dusty Springfield – Son Of A Preacher Man
Type O Negative – Black No 1
Bon Jovi – It's my Live
Bryan Adams – Summer Of '69
Blur – Song 2
Smashing Pumpkins – Disarm
Linkin Park – Points of Authority
Guano Apes – Open Your Eyes
Nickelback – Rockstar
Bruce Dickinson – Tears of the Dragon
Juli – Geile Zeit
Creed – What's this life for
Placebo – Every You Every Me
Limp Bizkit – Take A Look Around
Creed – Higher
Rage Against The Machine – Killing In The Name of
System Of A Down – Chop Suey!
Crazy Town – Butterfly
Linkin Park – Papercut
Marilyn Manson – The Beautiful People

Refused – New Noise
Live – Lightning Crashes
Metallica – Nothing Else Matters
Melissa Etheridge – Like the way I Do
Nada Surf – Popular
Frankie goes to Hollywood – Relax
Gary Moore – Walking By Myself
Kiss – I was made for loving you
Nofx – Kill all the White Man
The Sisters of Mercy – Temple of Love
Pennywise – Bro Hymn
Boomtown Rats – I Don't Like Mondays
Depeche Mode – Enjoy The Silence
Die Fantastischen Vier – Krieger
Falco – Out Of The Dark
Placebo – The Bitter End
Sepultura – Roots Bloody Roots
The Cranberries – Zombie
The Eternal Afflict – San Diego
The Cult – She Sells Sancturary
Korn – Falling Away From Me
System Of A Down – Toxicity
Omph – Augen auf!
Rammstein – Engel
Playmo – New Wave
Die Krupps – To the Hit
Subway To Sally – Henkersbraut
Agnostic Front – Gotta Go
The Offspring – Self Esteem
Soundgarden – Black Hole Sun
Body Count – Body MF Count
Metallica – One
Alanis Morissette – Hands Clean
Incubus – Drive
Primus – Too many puppies
L'Ame Immortelle – Life will never be the same again
Biohazard – Punishment
Madness – Our House
Onkelz – Kirche
Tool – Stinkfist
Rob Zombie – Dragula
The Pixies – Where Is My Mind?
Queen – We Will Rock You
Pearl Jam – Alive
Ram Jam – Black Betty
Eurythmics – Sweet Dreams
Nickelback – How You Remind Me
Shock Therapy – Hate Is Just A Four Letter Word
Crematory – Tears Of Time
Apoptygma Berzerk – Shine On
Rammstein – Sonne
Soft Cell – Tainted Love
New Model Army – Vagabonds
Deichkind – Remmidemmi
Nirvana – Smells Like Teen Spirit
Metallica – Enter Sandman
The Cure – Lullaby
Billy Idol – White Wedding
Dog Eat Dog - Who's The King?
Staind – It's Been Awhile
Smockin Suckaz Wit Logic – Mutha Made 'Em
Boy Sets Fire – My Life In The Knife Trade
Madness – One Step Behind
Downset – Anger
3 Doors Down – Kryptonite
AC/DC – Hells Bells
Accept – Balls To The Wall
Fugazi – Waiting Room
Downset – Anger
Bad Religion – Punk Rock Song
Bronski Beat – Why
Deep Purple – Smoke On The Water
Die Toten Hosen – Hier kommt Alex
Europe – The Final Countdown
The Cure – Friday I'm In Love
White Zombie – More Human Than Human
Oasis – Go let it out
Rainbirds – Blueprint
Simple Minds – Alive And Kicking
Slade – Far Far Away